蔡文傑散文集

總有天光日照來

蔡文傑 著

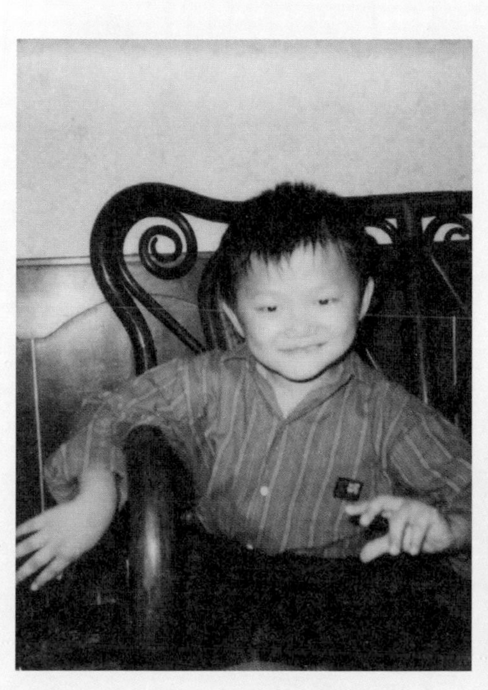

推薦序（依推薦者姓氏筆畫排序）

仰望視角下的動人筆尖

吳念真

認識文傑好像很多年了，但老實說，至今我都不敢確定我們是否曾經見過面。

很矛盾是不是？

其實也不會，這端看每個人對「認識」的定義是什麼而已。人生過程裡，有很多人是透過文字「認識」的。

好像是很久很久以前的事了，有個朋友拷貝了一篇散文寄給我，內容寫的是有關母親的事。

朋友要我看的理由是：讀這篇文章時忽然想到你，覺得要是你來寫的話，應該也會是這樣的筆調吧？

然後附加了兩個字的結論：動人！

那是我認識文傑的開始，我透過文字知道他行動不便，知道他約略的生活動線，但某些寫實性十足的人物描繪和日常對話，讓整篇文字充滿生動的影像感，讀著讀著就彷彿被作者帶入他的世界，成了直接參與他的生活的一員。

「寫實」對一個行動不便的作者來說。的確是最直接的取材方式，但同樣的也是一種限制，要在有限的觀察範圍裡保持創作的熱度，需要的則是「善感」，然而善感有時候卻也是生命裡極沉重的負擔，這個……許多創作者應該都能理解吧？

文傑用八年的時間才集結的這一本書裡，敏感的讀者應該都能從字裡行間感受到某些隱約的掙扎和壓抑的吶喊，一如活在當下這個混亂的世局裡頭，許許多多心有所感但卻力有不逮的我們。

我一直相信，所有有心的創作者在每一個時刻所留下的觀察或心情記錄都是時代的腳印、歷史文化階段性的痕跡，而文傑的角度顯然更加值得重視，因為一直以來他都習慣以謙卑的姿態去「仰望」這個世界。

因此，當我讀著他的書稿的時候，覺得我好像學會了一件事——學著蹲下身來看著他的眼睛，安靜地聆聽。

推薦序（依推薦者姓氏筆畫排序）

持續「慢慢趕」

吳晟

文傑寫詩，也寫散文，二者相輔相成。他的詩，敘述與抒情並重，音韻清朗順暢；他的散文充盈詩的節奏與意象，不時穿插生活化的台語，特別生動。

二〇〇七年文傑出版了《風大我愈欲行》台語詩集，甚獲好評；隔了十一年，終於要出版《總有天光日照來》散文集了。「終於」，因為預告已久、期待已久。

從最早一篇〈阿媽，庫囉〉獲得二〇〇三年「黑暗之光」散文佳作獎，到最近一篇〈縫〉發表於二〇一八年九月十五日《中華日報》副刊，十五年時光，總計累積了二十八篇作品。

如果了解文傑寫作備嘗艱辛，必須克服許多障礙，詩作之外，還有這樣的散文成果，已經很不容易。

文傑出生時，因為「胎位不正」，分娩過程滯久，造成腦細胞缺氧受損，患了「腦性麻痺症」。他引述母親的話：「倒踩蓮花來出世」，並自我形容為「調皮」，才「從腳先踩入人間」。

正是這樣自我調侃的幽默性，造就了他寬闊的心胸，在這一系列「自傳式」散文中，非但沒有耽溺在自己缺陷的自怨自艾，卻處處流露滿懷感恩之心，並觀照比自己更艱難的生命，觸發更深刻的社會結構省思。

恭喜文傑《總有天光日照來》即將出版，並寄語文傑：文學創作路途漫長，持續「慢慢趕」。

推薦序（依推薦者姓氏筆畫排序）

疼心詩心

路寒袖

我在台中海線的公民大學曾開過台灣歌謠及新詩賞析課程，幾年下來教過不少學生，其中幾位薰陶入腑，率而提筆寫作，表現傑出，陸續出版了個人作品集，頗受文壇矚目，楊焜顯、黃玲玲、蔡秀英、蔡文傑等都是，其中蔡文傑最為特殊。文傑身世不凡、奮鬥過程坎坷，作品跟著精采，讓人捧讀「疼心」不已。

一般，台語用「疼心」兩字形容愛惜或愛心。我認為它仍具有心疼的弦外之音，也就是近之就會隱隱牽動同理心，心中自然孳生又痛又惜的情愫。

文傑自幼即罹患腦性痲痹，自嘲「倒踩蓮花來出世」，他手腳扭曲萎縮，無法站立，平常除了睡覺之外，都要趴在電動輪椅上寫作、過生活。命運作弄，他天生矮人一截，但無用化為有用，他寫作的靈魂視角，則是習慣於透過輪椅高度，由下而上、由裡而外的看透人間世，進而成就了他的文學創作世界。而這樣的背景條件，剛好與日本導演小津安二郎的電影拍攝技巧雷同。

一九二〇年代，日本知名的導演小津安二郎，拍了很多寫實主義電影，並以庶民的日常為主題，它的電影運鏡獨樹一格，乃是採取平視角的方式，讓攝影機空鏡移動，因此畫面就顯得從容、平實、祥和，捕捉到的是最真實的人生百態。他的這個手法，後來成為很多國際寫實導演師法的典律。

外公一看見我，輕喚：阿傑——。那個「傑」字，音總是拉得長長的，如似一條蜿蜒的溪流。然後，我高興地伸出雙手，外公一把將我抱起來，甚且故意攬得我好緊好緊，攬在懷裡用刺刺的鬍渣撫挲我的臉頰，我癢得受不了直咯咯笑他才肯罷手。——〈外公的歌〉

我在舅舅和他朋友的閒談中，聽到一些教科書上未曾提及的政治迫害，或與事實相悖的台灣歷史事件，之後，我才逐漸地對這塊生養我長成的母土，產生了不一樣的認知和衝擊。像似一道道巨浪拍打在我的胸膛，帶來一片片的生機；——〈轉折〉

童年是作家們取之不盡、用之不竭的豐富存摺。文傑這本新書共蒐錄二十八篇散文，分「生命戳印」、「時光行旅」、「人間走踏」三卷，創作視角涵蓋童年的生活圈，包括個人、父母、左鄰右舍、阿公阿媽、外公外婆、姑姨叔舅、家中愛犬等，入學後，題材加進了同學、隔壁班女孩，畢業後又擴充到復康巴士司機、店商、愛戀的女子……等，放眼過去，雖然都是身邊的小人物，但透過他的心靈探照燈直射，卻是顯得繽紛多采、彷彿浮世繪一般。

就如同小津安二郎的鏡頭一樣，文傑筆端有情，善於編織小故事、小道理，流暢的敘述能力，在平凡人物、日常生活之中，就能渲染出不平凡的情境，勾勒自己的身世、思想的蛻變、甚至於連綠橘子般的苦戀歲月，都透過他敲打的魔術般的鍵盤文字娓娓道來，讀來無不令人動容，笑中帶淚。

文傑曾在二〇〇七年出版詩集《風大我愈欲行》，他的心思靈敏、觀察力過人，即便是第一本詩集，詩壇仍起了不小的漣漪。時隔十年，此番再結集作品出版《總有天光日照來》，雖是散文，但詩人的獨特能力猶在，頻頻以浪漫、玲瓏的文字穿透世間路。

坐在咿呀作響的小三輪車後座的我，回頭望著那幫浦抽上來的地下水依然在偌大的水泥池裡沖流著，沖流在上千束的韭黃上，泛出一波波的金黃色光芒，盪漾在那幾個鄰婦的臉上。——〈童年，柑仔店〉

媽媽突然轉到我前面來對我說，你如果還喜歡著她，那就加油一點！不要讓人家看扁你。我沒有回答媽媽什麼，卻逕笑得像初春攀出牆圍的一朵花。——〈聽媽媽說話〉

這樣美麗詩句般的散文，讓文傑拼貼了一塊屬於自己的繽紛人生。

本書雖是文傑的自傳體散文，映照了他自己的故事與身世，但是透過二十多則的小敘述，無形中也探照了當代市井人物，以及大千世界。

十年磨一劍，無招勝有招。此刻，文傑再出鞘，身手果然不凡！書名《總有天光日照來》想必演繹自我的作品《人生逐位會開花》中的詩句「總有天光日頭來」，引用此句足見其壯闊的企圖。

推薦序（依推薦者姓氏筆畫排序）

尋光的人

楊翠

捧讀文傑的新書《總有天光日照來》，彷彿展閱他的生命地圖，隨著他的人生旅路，步步崎嶇，步步前行，也步步向光。

即使在出生的那一刻，文傑的命運出了岔子，剝奪他此生自由行走、順暢說話的權力，但是，他自我裝備了強韌的生命能動量，他所走過的道路，雖然起伏跌宕，卻又敞闊無垠，穿越了物理性身體所框架的疆界，他從靈魂深處迸放的聲音，比從舌頭發出的聲音更加溫潤深邃、盈滿厚度。

《總有天光日照來》可以稱為一本記憶之書，也可以說是文傑的尋光之旅。書中最大的特色有二：細節豐盈鮮活、情感深蘊自然。第一輯「生命戳印」，從自己的出生寫起，內容扣緊親族，描繪親情如何在他成長過程中，不斷灌注能量，成為他生命最豐富的養料；第二輯「時光行旅」，則是以現在的身體，重返生活記憶的空間，梧棲小鎮，從現實的小鎮景觀，辨識逝往的記憶線索，勾勒小鎮的前世今生與文化紋理，而文傑本人也銘刻成為其中的幾條紋路；第三輯「人間走踏」，一方面以旁觀者的身姿，收納人間各種風景，另一方面則以自身做為參照，貼靠各種落難者、傷痛者，從他們的故事中，提煉出人間情味。

書中，親族的情感與護持最令人動容。在文傑降生於世的關鍵時刻，也許是因為某個選擇、某種猶疑造成遺憾，然而，也許其實與那個選擇全然無關，文傑這個生命個體，是被揀選的，被揀選來接受某些苦難，他的肉身與語言，被禁錮在囚牢中，相對的，他也因而得以打開新的空間，新的疆界，得以領受全世界最豐盛的親情。書中，無論是母親、父親、阿媽、阿公、舅舅、舅媽，甚至是比他還年幼的大弟、小弟，都視他為珍寶，不僅止於生活上的細緻照顧，他們打從心底疼惜眷愛這個親人，每一個故事情節，都溫潤動人。

如〈戳印〉中阿媽揹著他上學的畫面，成為村落中的溫柔景觀，也成為孫子記憶中最深的刻痕；坐在阿公的達可達機車後面，紅豆冰、甲仙芋圓冰，美食盡皆入腹；而〈童年，柑仔店〉中，小弟推著他到處玩耍，帶著他闖越世界，為他清理傷口、受父母責罵而不怨不悔，細節豐實，情感真摯。

書中描寫阿公阿媽最是精彩。〈那組詩文你有收到嗎？〉中的祖孫情感，真摯流動，描寫一日外公給他送來兩隻雞腿，然而，他口中雞腿的餘香猶在，沒兩日外公就意外辭世，文傑念憶外公曾撒嬌要孫子為他寫一首詩，於是在「對年」當天，焚寫一首台語詩與一篇散文，遙祭阿公。文字的情感自然，但卻韻味深厚，尤其最後母親喃喃低語：「阿公前方的松葉牡丹好像蔓延得更開闊繁盛了」，淡淡一筆，思念的餘韻，曳曳綿延。

除了個人史、家族史，書中也觸及家鄉史、台灣史的某個斷面，擴衍全書的時空軸線。如〈轉折〉，寫的是一九九〇年，國中時期文傑因被歧視與排擠，休學一學期，休學期間住在舅舅家的時光，聆聽了鄭南榕的故事，反思教學場域中的國語政策，既寫自己的生命轉折，也彰顯出他自身的台灣主體思想如何萌發。第二輯「時光行旅」中的篇章，則大量涉及家鄉梧棲的生活風情，從日常性的細節入手，家園空間鮮活如繪。

當然，書中也不乏青春情事，如〈青春戀歌〉中的逝去戀情；〈返回生命的初點〉既寫梧棲，也寫一場無疾而終的戀慕；〈聽媽媽說話〉文中細數一些日常瑣細，文末一句「你如果還喜歡著她，那就加油一點！不要讓人家看扁你。」兒子的祕密心事，母親的默默關注，躍然紙上。

第三輯「人間走踏」中的篇章，則是主體與他者的對話，文傑深入觀察庶民社會的生活現場，擷取生命故事，同時映照己身，相互對話。如〈縫〉魚攤的阿麗姐，女兒也是腦性麻痺，從阿麗身上，他閱讀到了母親的溫暖與堅韌；〈爬行〉中的身障男子，身體被禁錮有如他自身；〈壓傷的蘆葦〉中，看護阿姨對生病的菲籍魚船助手的照護，即使只是一碗熱牛肉湯，都盈滿溫情暖意。回返自身，如〈阿桑的十塊錢〉對同情與憐憫的詮釋；〈阿婆的菜頭湯〉中老闆的粗心與阿婆的溫暖的對比；〈胖大姐的奇異果〉中一顆免費孰軟奇異果的溫情，所有這些，都是文傑對冷暖人間的觀察與思索。

正因為親族、鄰人、老師、好友的溫情灌注，文傑即使被剝奪了行動與言語的自由，但他的身上卻充滿能量，他的前方恆常綻透光亮，他，就是一個永遠堅定的尋光者。

自序

陪伴你的星光

很對不起，這本書來晚了。

這本書有六成內容早在二〇一〇年即獲得國家文化藝術基金會的創作補助，是我的怠惰，日常生活上有太多「人」與「事」的糾纏牽掛，乃至對於書的內容，內心有太多罣礙纏縛，以致一拖就是八年。八年來，在文學活動場合上偶遇吳晟老師，我總感覺羞愧，已經找不到理由去解釋為什麼一「拖」就是那麼多年？老師總為我緩頰，要母親不要給我那麼大的壓力。

我知道吳晟老師對於我的長篇散文和台語詩的經營與發展，有著很深的期望。其實不只是吳晟老師，文壇許許多多前輩老師、文友都對文傑格外疼惜。

今年初，我抱定決心不再讓母親失望，今年一定要將這本書付梓。於此便展開了為期數月的編輯過程，期間，十分感謝白象文化出版社的張輝潭先生及其編輯團隊的用心與付出。樸實溫暖的書封有葉國居老師親自題字，畫龍點睛，更添清麗之姿，讓人不忍釋卷；有吳念真導演、吳晟老師、路寒袖老師、楊翠老師在繁忙之際，撥冗撰文推薦，以及摯友陳旻昱（號稱台灣宮崎駿）跨刀創作六幅插畫。

寫作之於我，就好像為自己的生命留下刻痕，我就是那把鑿刀，情感與記憶，或深或淺被我刻劃。

這是我的第二本書，冀望透過這二十八篇作品能帶給讀者一股溫暖的力量，或者陪伴。沒有遺憾不人生，但再怎麼闃暗、難走，總有天光日照來。

一如二〇〇九年暑夏父親離世，守喪那幾日，若不見就讀小學五年級的姪子，就知道他又鑽進黃布幔裡，我跟著進去，看著他挨在冰櫃旁，輕細地掀開蓋在小玻璃窗上方的毛巾，靜靜地看著他的阿公，不語。多麼艱難啊，半大不小的年紀就要面對這突如其來的生命殞逝，我拍拍他的肩膀邀他到便利商店買點涼水給親族飲用。我記得那個夜晚，滿天星辰眨呀眨的，我指著其中一顆星星跟姪子說：阿公就像天上的星星，他會一直陪伴在我們身邊，保佑我們。

是的，父親的精神也一直在我的心裡、在文學創作路上督促著自己要努力不懈。

蔡文傑

目錄

輯一　生命戳印

輯二　時光行旅

輯三　人間走踏

輯一

生命戳印

回到最初

母親常說我是倒踩蓮花來出世。述說時，母親溫柔的眼神裡總帶著幾分悵然，望著我，思緒卻翻飛到一個看不見的遠方⋯⋯。

那時快過年了，寒風冷冽，菜市場裡人聲鼎沸，母親挺個大腹蹲在自家攤位前的水龍頭下，幫忙父親清理豬內臟，儘管雙手被水寒得凍骨傷膚，邊撫著肚子還是得完成工作。或許是順月了，還如此勞動，母親說我就這麼爭著想出來。

但就像一瓶歷經煎熬所釀造的生命之酒，急著想跟周遭分享，卻硬是拔不開軟木塞。

產婆的家離清水街上不遠，一間破舊的矮房，曲折地挨在巷底。內堂後方寒酸地空出一小隔間，昏黃的燈光下，母親蹙著眉，雙手抓著床頭突出的欄杆死命地喊，彷彿再出點力，黑暗就將盡，就可以聽見我哇一聲。但，事實卻未必盡如人意。

外頭，仍爭論著，外公說這樣下去不是辦法，最好趕快將母親轉送大醫院剖腹生產；另一邊，阿媽指著父親說，她一群孩子都是在這兒由產婆接生的，個個不都像他那樣健康、粗壯？儘管眾口紛喧，但乖順的母親豈敢悖逆阿媽的意思？

母親述說時，惋惜什麼似的望著我，咱母仔囝好親像被命運擺弄著……。我是家中的長子，母親懷我的時候，為求慎重，即便被認為是浪費，也曾堅持到台中的大醫院定期產檢，後來是因為菜市場工作日益忙碌才作罷。

就這樣，歷經一天一夜與生命的拔河，「我」好不容易露出腳來，產婆揩去額上的汗，高興地嚷著……；當下，母親的眼眸已抑不住，幾顆眼淚珍珠般地滾落，有的托在嫣紅的雙頰，顯得特別剔透。

我被產婆抱出來時，全身已發紫，父親發狂似的抱著我直奔大醫院。

原來，母親常說的「倒踩蓮花」，在那麼輕巧、典雅的詞藻背後，竟是如此的歷程……。

而後，我在醫院的保溫箱裡待了一陣子。返家後，親友們陸續前來探視，大家誇讚我長得靈秀之餘，眼尖的三嬸婆左看右瞧，發掘到什麼似地指著我的右手狐疑著：這隻手不甚自然哦……。當時，母親的心裡只是像被擱了塊什麼，但並不清楚確實的內容，也沒想過要去探究。

過了兩三年，晚我些日子出生的堂妹和弟弟，已經像株翠綠的幼苗，不斷地挺直腰桿，在禾埕上跑跳嬉戲了，我卻還無法行走，只能坐在不斷焊接架高的螃蟹椅上向著門外張望。母親感到心慌了，不再聽信老一輩人認為有些小孩子起步較晚的說詞，她跟父親開始四處託人打聽哪家醫院對這方面醫術比較高明，得知消息，便急著帶我前往。

那時我們家的豬肉攤生意漸有起色，父親工作繁忙，不得已，只好由母親獨自帶著我南來北往。往往天濛濛亮，父親趁著要載運豬體到梧棲菜市場擺攤的空檔，便把我們載到清水火車站。買好車票，行李稍事整理後，在站長的通融下，我們可以提早到月台等候；因為從候車室到月台，需要穿越鐵道，爬上爬下；瘦弱的母親要揹我，又要牽著剛學會走路的弟弟，另還得提著一大袋行李，腳步總是踉蹌。但她卻顧不得走得歪斜，拼命也要護著懷裡這燭希望。

就這樣，這一家換過那一家，做過好幾番檢查，儘管母親心中那燭希望逐漸化成一截灰燼，她仍不放棄地帶著我到另一家醫院；最後醫生確診，母親生我的時候，胎位不正，導致分娩過程滯久，造成腦細胞缺氧受損，所以患了「腦性痲痺症」；霎時，她的心力全然遭擊潰了，再也無法自我欺瞞。醫生說，我的腦細胞受損部分係屬四肢的活動能力，以是無法行走，除了耐心接受長期的復健治療，沒有藥物可以醫治。

終於，擱在母親心裡的那塊東西，突然失去支撐似地崩落，重重壓在心頭。

母親回述到這段過往時，眼神彷彿還愣怔在當下的時光，我近乎看得見彼時診間旁的窗戶，一道天光就那麼毫無表情的穿透進來，四周靜默的只剩下一束浮塵在空中轉動。

母親不得不接受了這個事實，而復健過程，又是另一條漫長而艱辛之路。

這幾十年來，就像她跟父親時常拿來回應別人的話：既然把我生下來了，就應該好好扶養我、照顧我。的確，他們不只是扶養我、照顧我，更是加倍地疼愛我。

祖父母也是，在我小時候，只要聽聞人家誆稱何種祕方配上什麼珍禽異獸，能讓我強筋活血；再怎麼不易取得，阿公也會想盡辦法抓來讓阿媽燉煮，盼望的僅是，有一天我能奇蹟般地起來行走。

如今我三十七歲，母親每當看到我因行動受限而遭受挫折時，她總心疼又自責地說，她對不起我，害我不能走路。我是那麼心虛卻又不得不設法安慰她，要她別那麼想；假若今天妳兒子行動自如，生命也許過得平庸，也不會去挖掘自己可取之處。而其實，我心裡想的反倒是，若非調皮的我，從腳先踩入這人間，也不會給母親惹來這一輩子總是多別人一份的牽掛。

相片風景

生命之河流淌以來，我的腦葉裡一直有張相片鮮明地拓印著，從未隨著歲月的流逝而發黃。相片聚焦在豬肉攤前的阿爸，身材粗壯的阿爸一身黑灰條紋衫與粗褲，脖子上掛著一條毛巾，頭髮還沾著幾處剁肉骨時噴濺的碎肉，俯身肉攤前使力地切開一爿豬肉。

那是八〇年代，國際間商船、貨輪的汽笛聲在台中港灣相互爭鳴的年代，阿爸正忙著準備船公司委託船舶日用品供應商代購的豬肉時拍下的。阿爸是菜市場裡的豬肉販商。

七〇年代初，阿爸和阿母經由朋友的介紹而相識相戀。阿爸退伍後，滿懷熱切理想，像林強的〈向前行〉要到繁華的台北城打拼那樣，憧憬當上貿易公司的董事長，不料阿爸溫善的個性不適合在台北城刁鑽，半年後就踉蹌回到中部。閒蕩在家那段日子，阿爸三不五時就晃來外公的紡織廠探班，找彼時在廠內任職會計的阿母聊天，後來阿母挽著阿爸的手跟在外公的身旁，阿爸長、阿爸短的撒嬌，就像高商畢業就吵著要外公送她一輛當時超夯又昂貴的紫紅色偉士牌機車。於是，阿爸便得以進來外公與朋友合夥的紡織廠當黑手。

數年後，外公考量到阿爸一直蹲在紡織廠裡修理機台只是領固定薪水而已，無法成就什麼事業，於是他透過在梧棲的人脈，以五萬元買下一個在梧棲菜市場內人潮匯聚得到的攤位，做為給予阿母的嫁妝。從此阿爸和阿母就在梧棲菜市場裡營販豬肉維生，餵養我們三兄弟的長成，在這樣的環境下，阿爸和阿母以他們的生命姿態，寫下了屬於他們胼手胝足的生命史。

阿爸和阿母起先從家鄉清水來到人地生疏的梧棲，每天的生意極差，透早從屠宰場載來的一頭豬，常常到了中午收市還賣不到四分之一，幸虧當時有原本即世代經營豬肉販商的外公做為後盾，外公每天早上總抓準在買菜人潮差不多退去時就打電話問阿爸這邊生意如何？還剩多少豬肉？要阿爸趁豬肉還新鮮，趕緊載回清水給二舅賣，也因此我們每天都有新鮮的豬肉可以賣。或許是這個原因而吸引一些不固定的客人來跟我們買豬肉，但每當生意上門時，阿爸和阿母卻經常叫不出客人的名字，只能以太太、小姐來稱呼，而隔鄰的豬肉攤幾乎都是當地人經營，買賣之間相對熟悉而親切。於是，阿爸和阿母若遇到來跟我們買豬肉的新客人，便會在閒聊間問問他們住哪裡、從事什麼行業啊……，閒話家常後，再切一塊豬油或豬肝塞進客人的菜籃，於是彼此之間的交情便逐漸活絡。

在我們家豬肉攤生意逐漸興盛，外公也適時介紹一些他較熟識的梧棲鄉紳給阿爸認識。逢年過節，阿爸總不忘提個禮盒登門拜訪，跟他們套套交情；不出幾年，阿爸在梧棲的人脈，就像蕃薯葉只要讓它抓住土地，它就能蔓生開來。

七〇年代末期，台中港開航，從世界各地而來的商船、貨輪好似趕赴一場嘉年華會，船艄昂揚的在台灣海峽，犁開那翻飛繁榮的年代。不久，阿爸在一間小吃店遇到一個老朋友，兩三杯啤酒下肚後，老朋友說起自己甫參與港務局的競標，取得台中港船舶日用品代理權；阿爸見機不可失，幾回的勸酒敘舊，便開始跟他套交情說自己在台北找不到工作，現在回來梧棲菜市場賣豬肉，後頭有外公的豬肉世家為後盾，能穩定提供大批豬肉販賣給船公司，盼老朋友多拉拔牽成。之後，阿爸的生意版圖益發寬廣了。

那是一段至今我仍可感受到溫度的記憶。在我囡仔時，每日天才微亮，踡縮在溫暖被窩的我，依稀可以聽到鄰房阿爸和阿母更衣盥洗時，為了怕攪擾到我們三兄弟的睡眠所刻意壓低的聲響。之後，我知道他們即將開著貨車到屠宰場載運豬體，準備至梧棲市場開市了，而住在鄰近的阿媽總會在不久後就過來照顧行動不便的我，為我們三兄弟準備早餐。

開市之前，阿爸先使力解剖完五、六頭豬體，再隨部位切塊或剁，而後將豬的內臟交由阿母清理乾淨予以結串。內臟較難清理的部分是小腸與大腸，勞碌習慣的阿母總坐不慣小板凳，寧願蹲在攤位前的水龍頭下方，逐一將躲藏在腸道裡的蛔蟲，或沖，或以長棍推出來，再以清水沖洗乾淨。而忙碌的一天，恍似水龍頭下方的水，嘩啦啦地就此奔流……

是時，小舅剛好海軍退伍，阿爸便邀他過來幫忙。在菜市場裡，阿爸主要負責送貨和一些較為粗重的準備工作，招呼客人等細節發落給阿母和小舅。

彼時，在國內餐廳界頗負盛名的「新天地餐廳」，店內的生意像沾到水的油鍋那樣人聲鼎沸，當時他們餐廳內有關豬肉的貨源，大部分為我們家供應，甚至原本由隔鄰豬肉攤負責的員工伙食，後來也一併交給我們家負責。不久後，隔鄰豬肉攤竟因嫉妒滋生，找來具有黑道背景的弟弟要脅我們不許再跟「新天地餐廳」做交易。當然，塊頭頗壯又值年輕氣盛的小舅也不可能退讓；何況，生意間的競爭本來就各憑本事。

在阿爸送貨給「新天地餐廳」之後，會先繞回清水送貨給幾家麵攤。

當阿爸從清水回來之後，便開始準備船舶日用品供應商前日交付的訂單的貨物，然後在小舅的協助下，阿爸將豬肉一件件的整理、秤重、裝箱、封膠帶、填寫三聯單，再逐一搬上貨車，出發前阿爸總不忘將掛在脖子上那條毛巾再拿去水龍頭沾濕。到了碼頭，阿爸肩扛著整箱的貨物，迎接烈日和海風，慢慢爬上船梯，搬上甲板，在甲板上仍得小心提防散置於地的舊繩纜、鐵工工具等以免被絆倒，而有時還得幫獨力扶養一雙兒女的賣菜阿姨帶來零散的蔬果。

卸完貨後，阿爸趕緊飛車回菜市場幫忙招呼客人，或送貨給鄰近麵攤小吃。常常，阿爸趁人潮疏少，轉身扒一口透早在隔壁麵攤叫的肉燥飯時，人潮又湧至，遂顧不得饑腸轆轆又轉過來招呼客人，而此般一頓久久兩頓相抵，亦為菜市仔人的吃食寫照。

應接不暇到中午，阿爸又得放下一切，飛車直奔大安鄉的家畜肉品市場選購明天要賣的豬隻。在我囡仔時，曾有過數次跟隨阿爸到家畜肉品市場買豬的體驗。那是約略一座籃球場大而挑高的場地，屋頂蓋著鐵皮，放眼所及皆是拾級而上的水泥看台，約略有五六級，要買豬的肉商必須趕在拍賣時間前，各就其位的坐在經過登記而分配的看台上。二舅和家畜肉品市場的辦事員為舊識，當初阿爸進來家畜肉品市場時，二舅即要辦事員將阿爸安插在自己身旁。過不久，鈴聲乍響，柵欄一開，豬隻或趾高氣揚、或病懨懨的晃過看台下方圈圍的欄杆，後頭跟著一個壯漢手持短棍邊走邊斥喝，當買主覺得符合自己的需求時，要立即按下自己座位旁那顆特別設置的紅色按鈕，賣場小姐即會將那頭豬的編號登記在你的名下。有一回我在好奇心驅使下，趁阿爸跟二舅交互點菸時，我懷著一種伸長手中的仙女棒要去碰觸香炷的心情，偷偷去觸按那顆紅色按鈕，然後倏地抽了回來，剎那，阿爸撞見斥喝我一聲，卻已來不及阻止，接著賣場小姐就唱起阿爸所屬的編號，身旁的二舅跟阿爸嘟囔著：「囡仔人好奇嘛……」然後阿爸一臉無奈地買下那頭豬。等到拍賣結束，那頭豬就被運到阿爸在清水屠宰場的臨時豬舍，等候午夜屠夫的宰殺。

當然挑選豬隻也存在著許多撇步，例如：腹肚要結實、屁股要高翹、脖子不能鬆散等，這其中牽連到利潤和肉品的肥瘦。而這些撇步，有的是外公閒聊時傳承下來的；有些是阿爸和二舅摸索而累積的經驗。

就這樣忙到樹影都斜了，身材矮小的阿母，才一顛一拐地跨上不甚適合她高度的「美的80」機車，後座綁著一個裝剩貨的塑膠箱收攤回來。隨後，上衣總是沾滿血跡與油垢的阿爸，也拖著疲憊的步伐從家畜肉品市場返家。偶爾，阿爸手裡會提著從「新天地餐廳」買回來的特製大布丁，那是招待客人的餐後甜點，以浮刻花朵的鐵模器盛著。記得阿爸總是刻意拎高那三個大布丁，戲謔地垂釣我們三兄弟貪嗜的眼神。就在那貧乏年代的午後，我們三兄弟小口舔著布丁，身旁的阿爸和阿母則吃著阿媽再溫燒過的飯菜，彼時，那布丁上層總是漫布著橙色的幸福的光波。

由於阿爸待人親切豪爽重信用，加上多年累積一套待人接洽的手腕，在台中港地區傳遞開來，接著更有幾家船舶日用品供應商主動找我們做買賣，甚至到後來因為一些生意上的細故牽扯，阿爸竟成了其中一家供應商的股東。

而就在阿爸和阿母日益忙碌的歲月裡，光陰像似繃帶層層裹縛著一段在我日後不想刻意去揭開的記憶。

那是在過年前夕，每年過年前幾天是菜市場最為忙碌的日子，整年的那幾天裡我們曾有過的記錄是一天賣到十七頭豬。那晚我們跟著疲憊的父母親提早休息。半眠，阿爸接到一通電話後，即輕喚阿母抱著行動不便的我趕赴外公家（因為若沒有特別向阿媽叮囑，阿媽要到明天清晨才會過來照顧我），到了外公家，我看到門前擺著數個豬簍且蠢蠢騷動，阿爸趕緊趨前和站在門檻上的大舅竊竊私語，幾團煙圈飄散，我才明白原來是大舅透過門路向國營的養豬場低價收購病豬，叫我父母過去幫忙。進去之後，阿母抱著我小心翼翼地沿著木梯，登上外公外婆他們房間上方的小閣樓，我不知道父母為什麼要把我抱到小閣樓，又或者我是知道的，只是刻意將它遺忘。過不久，我在小閣樓逐漸聽到豬隻的慘叫聲，而後愈來愈掙扎直到無聲無息，透過閣樓上的欄杆，我看到外公、阿爸和阿母穿梭其間，一會兒忙著燒煮沸水；一會兒互抬著鐵製的大圓盆。而斑駁的脊樑下，那枚五燭光的燈泡沿著電線在閣樓前方幽微的晃著，彷彿也晃盪著那個年代。

九〇年代中期，類似「萬客隆」的批發大賣場，雨後春筍般的在台灣各地綻開，為許多民眾與業者帶來便利，但也衝擊原本的產業生態。從那開始，很多供應商皆紛紛轉向所謂的「大賣場」前進，雖然業者知道那很多都是病死豬或為豬哥豬母的冷凍肉品，但是吃下肚子裡的不是自己，故總是抱持便宜有利潤賺就好的心態，是以，我們家豬肉攤的生意就此逐漸走下坡。

而後，父母在我們三兄弟相繼成長之後的這段日子，並沒有因為生意的流失，而讓我們在物質生活上跟以前有所缺失。甚至在學識教育上，因為阿爸自己在年少時代的遺憾，因而對我們蘊含更深的期望，所以為我們從國小至國中聘請家教補習。

在父母慢慢將肉攤事業交給下一代這十年來，阿爸時常在茶餘飯後跟我們三兄弟回味著，這二十多年來在菜市場和母親攜手打拼的瑣碎情事，連帶也讓我回想我讀小學時，偶爾會趁學校放假和阿母使性地跟去菜市場的景象：記得，我總是被阿爸抱去坐在肉攤後的木作高台上，一邊把玩魔術方塊，無趣了就抬頭看看正在切剁豬肉的阿爸和阿母；亦或聽聽攤販間的吆喝搭腔。於是，藉由阿爸的絮絮回憶，遠逝的記憶像彼時手中那顆魔術方塊逐漸鮮明的拼湊出來。就在我沉浸於鮮明輪廓的當下，偶爾，阿爸突然像被野狗狂追，等跑遠了再回過頭來心有不甘的臭罵一頓：「你爸以前若不是因為厝內無錢予我讀嶺東，這陣我無定就是貿易公司的董事長啊！」之後總會再娓娓敘述他是初中畢業之後考上嶺東商專，後來因為家裡窮困無法提供他高額的學費，退而改讀大甲高農。記得每次他跟我們三兄弟述說這一段無奈的往事時，或許我們無心聆聽，或者無法體會那個年代吧！總是默然以對。

這些年，我常常開著電動輪椅在菜市場外圍購買水果，經過自家肉攤旁的樓梯口，我總會不經意停下來探頭望著肉攤裡大弟和弟媳忙碌的身影，恍惚間，我似又瞥見了阿爸俯身切著豬肉的那張相片；相片裡，阿爸阿母的生命風景及其喊賣聲，嘩啦啦地又晃動起來。

刊載於2009年8月號298期《聯合文學》

童年，柑仔店

故鄉的人情味
親像阿媽手內彼罐烏松汽水
陪阮到旦幾十年
飲落去著知滋味
沖位鼻孔去
綴著拍字的聲音
流對我的電腦
化做思念的歌詩

從清水移居梧棲市區已經八年，離鄉當時，庄裡的柑仔店早就被兩間小商店所代替。八年來，荏苒而逝的闇夜，我時常深情孺戀著一個落寞滄桑的所在，憶及時，衣袖不免濡濕。天濛亮時，就獨自開著電動輪椅返回那個我愛戀的所在，也就是哺養我的生命的母胎——武鹿庄。而日前再度返回時，燈光明亮的7-Eleven已經在庄裡的東方豎起。

偶爾我也回到那一條農路，在那裡佇足了好久好久；也吶喊，但已經聽不到回音。而農路盡頭的那一大片秀逸的荷花田以及白鷺鷥已經消失，只剩下S型彎道在我內心以及往後的人生蜿蜒著……。

一九七五年我降生於以盛產韭黃聞名的清水武鹿庄，當時的農村社會仍舊守著傳統觀念，庄裡若有產婦要分娩時，大部分都是找產婆幫忙，因此我媽媽也不例外，那時因為胎位不正，外公曾勸告：最好趕快載去大醫院剖腹生產！然而阿公阿媽卻毅然堅持託付產婆來家裡接生，由於分娩過程滯久，導致腦部缺氧，故我罹患了「腦性麻痺症」。

就這樣，從我兩三歲開始，阿公打著赤腳尋遍了各地的草藥、祕方。媽媽也帶著我到全國的各大醫院求醫，醫生大部分都說我需要做復健，是以，我從那時候開始做復健到現在。

翻攪沉澱的記憶，我是八歲時才學會翻身；進而能憑恃在左右有扶手的椅子上，就讀國中時能吃力的拄著拐杖走完五十公尺的路程。但是後來因為升高中學業繁重的關係，減少到醫院做復健的次數，再加上自己體重增加，膝蓋無法負荷，所以上高中之後就全然依靠電動輪椅了。

縱然如此，我並沒有因為行動不便，童年生活就過得不豐彩。因為我有兩個多年來無微不至照顧我的弟弟。

彼時，小弟時常牽著小三輪車，後座載著行動不便的我到家屋後方的大水溝旁的「春來柑仔店」。簡陋的土墲所搭建的「春來柑仔店」，長年被一棵老榕樹壓在地上，以致呈現著黑壓壓的詭譎氛圍，所以我們庄裡的孩童都戲稱它為「烏店！」

我們兄弟倆則時常躲進「春來柑仔店」的內處，那兒彷彿剛睡醒的舌頭後端，摻雜着酸澀與惡臭。兩兄弟一隻手抽彈著彈珠檯的發射器，嘴裡吸吮著一條一塊錢的「柑仔冰」。常常等到時間一分一秒被彈珠檯給彈盡，兄弟倆才突然想到阿媽交代來這兒的「任務」。

趕忙地向春來姆婆買了兩瓶汽水之後，隨即奔往斜對角一百多公尺遠的賢仔伯公家。從事韭黃種植工作的賢仔伯公揮舞著手勢；嘴裡叼著半截菸，正忙碌地跟「販仔」交易，而阿媽跟大弟還有幾個鄰婦則圍坐在水泥池上的小板凳，弓著背揀洗著一束束還夾帶著田泥的韭黃。半晌，阿媽站起身子向小弟接過兩瓶汽水，將其中一瓶遞給還在「鐵牛仔」上搬運韭黃的賢仔伯公喝！賢仔伯公向阿媽道謝後，拿起披在頸間的溼毛巾擦了擦汗，又彎下腰繼續幫「販仔」搬運韭黃。

賢仔姆婆則從屋裡頭走了出來，從腰間抽出一張布滿摺痕的綠色紙鈔遞向阿媽：「火旺仔嫂！這一百箍是恁嬤孫仔今仔日的工錢。另外，厝角彼二把白韭菜是拍落來的，你提轉去炒！」阿媽向賢仔姆婆點頭道謝後，臂裡挽著那兩把韭黃；滿布笑容地領著我們三兄弟往回家的路上。而坐在咿呀作響的小三輪車後座的我，回頭望著那幫浦抽上來的地下水依然在偌大的水泥池裡沖流著，沖流在上千束的韭黃上，泛出一波波的金黃色光芒，盪漾在那幾個鄰婦的臉上。

不久，春來姆婆病逝。蹲在庄裡好幾十年的「春來柑仔店」，像似駝背的春來姆婆被老榕樹壓得無法再喘氣了。

屋頂坍塌、破敗的「春來柑仔店」宛如成了庄裡的廢墟，遂而被我們庄裡的孩童占為捉迷藏最佳的藏匿處。戲耍時，小弟總是逃往緊居在後的「阿肚麵攤」的後門，時常冷不防地讓阿肚伯嚇一大跳！其糗狀——就是被阿肚伯拿長木杓輕敲腦袋瓜！而我總是連同小三輪車被小弟遺忘地丟在「春來柑仔店」，兀自凝望著自老榕樹濃密的葉隙間篩落下來的燦然光點，眼神緊跟著迤邐在一打疊著一打的發了霉的醬油瓶上，彷彿童年記憶就此封存。

事實未然，別了「春來柑仔店」這個童年夢的光廊，小弟也稍長高了，一年春節，媽媽到清水街上買了一輛小型變速腳踏車送給小弟，返家時小弟央求阿公在腳踏車的橫桿上夾了一張籐編小椅子好讓我乘坐，阿公還以塑膠粗繩加以固定，就這樣我們兄弟倆「轉戰」到國姓爺廟後的柑仔店。那是與我不同班級的「億聯仔」他母親所經營的。

一棟位於側間的二樓式的販厝，一樓存放著各式各樣的南北雜貨與罐頭等……，橫樑下則吊著許許多多的玩具與小豬存錢筒，而木門前擺放了數台糖果自動販賣機，只要投下一元硬幣，然後在旋轉鈕上扭轉一圈就會掉下一顆包裝亮麗的糖果；或者是一個夢想。

印象中，我們兄弟倆只要學校放假時，就會往那邊跑。如果早上七點多就去，會看到億聯仔的母親蹲在簷下製作豬血糕的血腥畫面。首先把暗紅的豬血或鴨血均勻地倒在方型鐵盤上，再把掏洗乾淨的糯米平鋪其內，如此重覆個幾盤，然後逐一端到後方的爐灶蒸煮。而小弟也抱著我跟著進到昏暗、壅塞的後方。小弟怕我身體無法平衡，時常坐不久便會不由自主地往後仰，所以每次都特地向億聯仔的母親要了一張有靠背的椅子給我坐，再開始玩起「快打旋風」或「魂斗羅」的電子遊戲台，半晌，一陣米香就從爐灶那兒飄了過來。

一塊五元的豬血糕，通常我們會買三塊，億聯仔的母親會以塑膠袋裝給我們，再隨個人的口味淋上辣椒醬。由於我的手會抖動，常常辣椒醬塗得像花臉似的，小弟總會趁著遊戲「敗局」的時候，趕緊餵我幾口。而第三塊，小弟總是留給我吃，我吃不完，他才會塞進自己的口中。

這種電子遊戲台風行一段日子後，我們也玩膩了。開始迷上釣魚，記得初次釣魚應該是我先提議的吧！有了腳踏車，學校若放假，小弟會載著我往我們武鹿庄之外四處去兜風探險，首先，往東我們會先繞過一格一格以深色遮陽棚覆蓋著的韭黃畦，再抄黃泥小徑，到我們武鹿庄之東南方的蔴頭崙，池塘就是在未到蔴頭崙之前發現的，它被一大片幽暗的竹林包圍著。

發現時，池塘邊蹲著兩三位垂釣者，年紀與我們相仿，或長我們幾歲而已，都是男孩子。自從那天回來，我就跟小弟約定下回放假時要帶我去那兒釣魚。

過了一個禮拜，小弟不知去哪兒找來一根竹竿，吆喝著要帶我去釣魚！他在腳踏車後座綁著一張小摺疊椅，載著我到億聯仔他母親的柑仔店照樣買了三塊豬血糕，還有一小包玉米粒以及釣鉤、釣線、浮標，就這樣出發到我們上禮拜發現的池塘。到了池塘，他先把我抱到地上，再打開那一張小摺疊椅讓我坐。因為腳踏車不怎麼穩定，很容易被我緊張搖晃的張力給晃倒！

綁好了所有的釣具與釣餌，小弟甩竿的那一剎那，我縮躲著，不敢發出任何聲響，不過當每次浮標在扯動的時刻，緊張且充滿希望的我跟小弟，在收竿時才發現釣鉤上空無一物，我都笑他，玉米粒被魚吃掉了才收竿。

那一段日子，小弟偶爾會自己一個人跑到對岸釣，因為聽說那邊「卡食釣」。而幽暗的竹林裡每當刮風時，就會發出像似「鬼仔哮」的聲響，嚇得獨自在這邊的我緊張地晃動著身體，又小摺疊椅不夠穩固，每每都差點要晃倒在地！

垂釣數次皆無收獲，小弟遂把責任推給釣竿，於是我們各自掏空了「大同寶寶」，騎著腳踏車到清水街上買釣竿。那是我們兄弟倆初次跨越了騎腳踏車兜風的版圖，來到很熱鬧、處處充滿人潮的清水街上，有腳踏車店、理髮店、賣燒炸粿的、賣牛肉麵滷味的、體育用品社……，我們是在體育用品社找到了我們要的釣竿。兄弟倆欣喜地挑選一支售價兩百五十元的釣竿回家。

回程，由於長途跋涉，又屈坐在只適合幼兒乘坐的籐編小椅子的我，雙腳早已麻木。而原本擱在極小空位的踏板的腳跟，一不小心右腳跟落了個空，垂落在急馳的輪胎，遂磨破了腳掌內側，感覺一陣燒灼，我痛叫了一聲！小弟趕緊停下車彎腰查看，遂叫我忍耐些……而腳踏車卻奔馳得越快了。

到了家裡，小弟幫我清除殘留在傷口表面的沙土，只見有如十元硬幣大小的傷口已鮮血滲出，深得露出裡層。小弟知道大事不妙了，幫我抹上藥膏後，懷著忐忑不安的心情到廚房向阿媽請罪！

我記得，阿媽很嚴厲地把小弟斥罵了一頓！說什麼「歹鬼帶頭」，為了買那一支釣竿，大老遠把我載去清水街上……。後來，阿媽沒收了我們那一支新買的釣竿。

往後的那一段日子，我並沒有因為害怕坐腳踏車而不跟小弟出去玩，我們時常還去池塘觀看別人釣魚，雖然我們知道阿媽把那一支釣竿藏在書房牆壁的櫃子上，但因為沒有阿媽的允許，我們不敢把它拿出來！直到後來我們搬新家，那一支釣竿還擱在那裡。

武鹿庄最多的就是韭菜園與稻田。我們後來騎腳踏車兜風的版圖拓展到北方，就是過了二八戶的新開發社區，那裡有一望無際的稻田，東望可遠眺矗立在鰲峰山上的太子殿，我們總是停下來，大聲地逐字吶喊！這樣才會有回音回傳過來，至於內容是什麼？我已經沒有印象了。

過了那條只能容納一輛汽車與一輛機車相錯的農路，前方是越來越狹窄而彎曲了，接著就到了我們兄弟倆生命中永遠無法忘懷的景象，我們後來給它取一個名字叫「S型彎道的祕密花園」。

那是韭菜花抽芽的季節，我們一路沿著翠綠的韭菜花田馳騁到這兒，調皮的小弟看到S型彎道，還興起學著電視節目上的賽車手，把腳踏車側傾至幾乎快碰到地面似的，嚇得我緊閉眼睛！飛快地，踅過S型的最後一個彎道時，我們被迎面而來的美景給懾住了。那是一大片盛開的荷花田，荷花田裡佇立著數隻正在水裡探頭啄食的白鷺鷥，有的佇立不動，而在荷花田右側則搭蓋著一間小茅屋。

S型彎道的祕密花園，是我們兄弟倆童年最後流連的所在，或者說是童年的終點吧！我們曾經在那裡飆腳踏車，在那裡吃著億聯仔他母親賣的豬血糕，在那裡拿碎石頭打水漂……

我丟的碎石頭總是無力地噗通一聲就沉下去了，而小弟打的水漂漾開的連漪一圈接著一圈，好快好快地迤邐著。

九降風依舊狂野地吹奏著梧棲冬夜，瑟縮的路燈搖晃著，我失神的眼眶恍惚又看見春來姆婆駝著身子從闃黑的角落裡走了出來，蹲在大水盆旁來回沖洗著空玻璃瓶內外的塵垢，不過，卻怎麼洗也洗不掉附著在玻璃瓶內的我的童年回憶。

獲第七屆中縣文學獎．散文獎

阿媽，庫囉

「庫囉！緊佮哥哥轉去！」阿媽站在祖厝的屋簷下指著庫囉吆喝著……

庫囉是父親的朋友棄養的一條台灣土犬，記得我們當初收養牠時，牠出生剛滿五個月，全身毛色雪亮很惹人憐愛！由原先飼養主人的口中得知庫囉好嗜香腸，香腸原就是我們家生產的加工食品，若庫囉留在家裡，那香腸必定讓牠一生享用不盡！

與庫囉初相見時，受過粗淺日本教育的阿媽即喚牠庫囉，往後我們也隨之叫牠庫囉！

日子一天一天地過去，庫囉日愈茁壯，也越來越有靈性，似乎聽得懂我們說的話了。我開始喚牠與我同行，牠果真溫馴地跟在我後方，我開著電動輪椅領著牠走在家鄉的田間小路，穿越紅磚巷道。若遇惡狗挑釁攔道，獵食的本性便誘使著庫囉撲上前去，若不使牠們逃離與哀嚎是絕不干休！當然回家時我會犒賞牠兩條香腸，並撫摸牠的額頭以示慰藉。

很快的，庫囉成為我們家的一分子，也成了我的「隨扈」。有一次，母親喚我到鄰近的雜貨店買醬油，回程途經一個陡坡，我不小心從電動輪椅上滑了下來，仆倒在地上，手肘與膝蓋都受到擦傷，鮮血汩流。庫囉見狀隨即奔回家裡對著母親狂吠，但母親與庫囉較不親近，無法體會庫囉想表達的求救的意思。後來，一位開車經過的男子見狀，才急忙把車子斜停在路中央，將我抱回電動輪椅上，我連忙地感謝救助之恩。回到家時，只見庫囉還一直猛吠著母親。

很長一段日子，母親因為市場生意忙碌，無暇煮早餐給我吃，我便自己開著電動輪椅領著庫囉到鄰近的阿媽家用餐。阿媽總會煎一碟我最愛吃的醬油煎蛋等候我，再端出一碗加了甘藷塊下去熬的「洘頭糜」，為什麼說一碗呢？因為阿公不喜歡吃太濃稠的稀飯，所以阿媽都會特地先盛了一碗等著我，然而這樣的搭配卻是我的人間美味！是任何珍味美饌皆無法馳騁的。

當然阿媽也會端出一碟昨晚的菜餘給庫囉，如果還有肉塊，庫囉飽餐一頓後還會舔一舔阿媽的腳；如果只是湯汁拌飯，有時候牠會用嘴巴去咬翻它！這時，我一定賞牠一記後腦勺，斥喝牠一聲：「討債！」

咀嚼著阿媽親熬給我的幸福與溫暖時，我的目光時常會注視著那斑駁的脊樑，它彷彿記載著我們蔡家的歷史，平實而緩慢的褪色與剝落，沒有劇烈的腐蝕所留下來的坑洞。

而阿媽總是看著我用完餐，她才踱步回到闃黑的廚房就著醬菜配稀飯。這一段寂靜的時刻，她會坐在藤椅上，手裡搖著蒲扇，搖啊搖的竟搖出一段段的往事……

「屯仔腳大地震」發生時，阿媽十二歲，那天早晨她正在圳溝旁餵養牛隻，突然「呼——呼——」的聲音在耳際響起，接著一陣陣的天搖地動嚇得她趕緊抱住最鄰近的一棵大樹，等震波較平息了她才奔回家裡。次日，才從清水街上傳來從小最疼愛她的阿姨被倒塌的橫樑壓死的惡耗！

阿媽說到這裡，總是泛著淚水，哽咽不語地望向窗櫺外的遠方。

而蒲扇也搖出了日據時代，阿公跟阿媽剛結婚沒多久，辛苦耕作的農作物遭強橫無理的日本巡查強制削價賣給會社，以及阿公與叔公共有的一塊肥沃的田地也遭削價徵收！就如同賴和發表的第一首白話詩——〈覺悟下的犧牲——寄二林事件戰友〉，第七段所寫：「我們只是一塊行屍／肥肥膩膩，留待與／虎狼鷹犬充飢！」

當然阿媽也憶起了她是如何揹負著我上小學……

由於父母親市場生意忙碌，帶我上下課的責任便落在阿媽的身上。一條背巾、一個男孩就這樣馱在六十多歲的阿媽身上六年，這也造就了鄰人眼中的奇景，也是我畢生無法磨滅的一抹記憶。

庫囉似乎聽得懂我和阿媽的談話似的，耳朵服貼得趴了下來。也或許是向阿媽撒嬌，要阿媽幫牠抓蝨子吧！這時阿媽會從藤椅起身找張矮椅子坐下來替庫囉抓蝨子，過了半晌，庫囉靦腆的在地上翻來覆去。

沉浸於阿媽親熬給我的幸福與溫暖之後，總得回家上學去，母親正發動著車子等著載我去讀高中呢！而庫囉總是賴著阿媽不走，阿媽則站在祖厝的屋簷下指著庫囉吆喝著：「庫囉！緊佮哥哥轉去！」

一晃眼，庫囉來我們家已經近九年了。

民國八十五年的除夕夜，阿媽依照往年的替庫囉找了一條紅線繫上紅包袋。次日早晨，阿公阿媽帶著我們全家到土地公廟燒香拜拜，正當我們在收拾供品時，突然從後方傳來一聲煞車聲，當我們轉過頭去，庫囉已被車子撞倒在路旁，我們箭步地飛過去檢視庫囉的傷勢時，只見庫囉緩慢地硬撐起身子，一跛一跛且徐緩地走回家裡。我們原以為庫囉只是輕微的腳部受傷，過一陣子吃吃雜草就會痊癒。不料到了傍晚，我到門前去探望牠時，牠已經口吐一串串的白沫，眼睛泛著紅光，尾巴緩慢地擺動著，彷彿在訴說著牠即將離我跟阿媽遠去！

一眨眼，庫囉已經全身趴在地上，停止了心跳。阿媽從祖厝那兒走來，瞥了庫囉一眼，便默默無語地將庫囉裝進布袋裡；並撒了一疊冥紙，隨即央人把庫囉載到通往台中港的大排「放水流」，並塞給那個人一個紅包。那晚，我與阿媽就對坐在家門前，久久無語。

六年前我和父母搬離了家鄉——清水，來到了梧棲。六年來我時常搭乘縣府的「復康小巴士」回去清水探望阿公阿媽，而累積多年的鄉愁也一併從車窗外的景色在我餘光後消褪。

到了阿媽家，阿媽總是對著屋內的阿公吆喝：「老仔！咱彼隻憨狗擱轉來看咱囉！」

獲2003年黑暗之光文學獎．散文佳作獎

燒肉粽

相信在七十年代出生的孩子，都有著跟我相同的記憶：一個老阿伯牽著一輛經歲月、風霜洗禮過的腳踏車，車身散發出沉穩的鐵鏽味，而後座綁著一只方形的塑膠箱子，箱底裝著四五串被冷霜凍得只餘微溫的粽子，上面覆蓋了一件破得不能再補的衣服來保溫。老阿伯以小型放音器放送著〈燒肉粽〉這首歌：「自悲自歎歹命人／父母本來真疼痛……」隨即以低沉的聲音吆喝著：「肉粽——燒肉粽哦——」在淒冷的早晨或半夜，穿梭街巷叫賣。

〈燒肉粽〉完成於一九四九年，著實記錄了當時台灣社會的動盪不安。雖然當時的台灣已經逐漸遠離了戰火，但一切還在重建當中，物價的波動加上嚴重的失業率，使民眾生活更加困苦。值此之際，又面臨了「幣制改革」，即是舊台幣四萬元，才能兌換新台幣一元！接踵而來的生活問題一再考驗著台灣人民的韌性，當時為了維持生計，國小沒畢業的孩子就開始到處打零工，也有人做個小生意貼補家用。

而我每次聽到〈燒肉粽〉這首歌時，就會在逐漸泛黃的記憶裡，拼湊出這個影像：當時六十多歲的阿媽，背著行動不方便的我去國小上課，手裡握著一張縐縐的紅色十元鈔票，走到轉角處，叫住賣燒肉粽的阿伯，向他買一顆燒肉粽給我當早餐。

到了教室，阿媽剝開粽葉，一口一口餵食著雙手會不由自主抖動的我。撲鼻而來糯米、粽葉與蘿蔔乾的香氣，讓我想到，這是阿媽弓著背，揀洗十把韭黃才能掙來的一顆粽子啊！

我望著阿媽，慢慢咀嚼那份感動與溫暖，久久無語。

刊載於2005年6月21日《自由時報》副刊

那組詩文你有收到嗎？

兩年前你從鄰鎮騎機車帶了兩隻雞腿來我家，囑咐你的女兒：「這兩隻雞腿欲留予阮阿傑食！」並且好像預知死亡似的，交代你的女兒一些身後事宜，而我卻因為到醫院做復健，與你錯開了最後一面。

兩日後的早晨，你與阿姨就著一壺茶聊天，說到氣憤的話題時，你因為心肌梗塞而驟逝，沒有病痛的離開人間、離開了我們。

阿公——你知道嗎？那天傍晚我從醫院做完復健回來時，看到餐桌上那皺皺的外袋裝著兩隻雞腿，我知道又是你要留給我吃的，我先拿起一隻大啖幾口；然後連骨髓也不放過似的，啃食得光溜溜！

夏日午後的陽光，從屋後那叢龍眼樹篩落進廚房的小窗台，形成一道長方光束。我剛從你的法會上回來，呆坐在廚房時，想起來還有一隻雞腿放在冰箱裡未吃，拿出來時，呆滯的眼神望著它良久良久，卻怎麼也吃不下去……。

我彷彿乘著那道光束回到了童年……，彼時的你，常常騎著那輛天藍色的「達可達」，載著我到處遛達！（為了讓我坐得穩，你還特地在腳前方裝置一張小椅子。）夏天你會載我去營盤巷裡吃紅豆冰；如果我的頭髮太長了，你便會載我去董公街轉角那家理髮店剪頭髮。多年後，我進入小學就讀了，無法時常回清水找你。而你接任老人會會長，推動會務也很繁忙！不過你始終沒有忘記我愛吃「甲仙芋仔冰」，每回你帶著鄉親旅遊經過甲仙鄉時，總不曾忘記帶兩盒回來給我。

一年前，也是台灣民間風俗裡所稱的「對年」當天，我曾焚化一首台語詩與一篇散文給你，你有收到嗎？那是我跟你的約定——三年前，我為「台中縣海線社區大學」的校歌創作歌詞時，你竟像我小時候跟你要柑仔糖那個模樣，嫉妒地要我也為你寫一首詩。

今年七月，我又跟著父母親來墓園探望你，我因為行動不方便只能坐在離你數公尺遠的車子內遙望你。回到車內時，母親喃喃說著：「你阿公前方的松葉牡丹好像蔓延得更開闊繁盛了！」

是啊！猶如我們對他的思念一樣……。

刊載於2004年9月15日《中國時報》人間副刊

外公的歌

舊時代，底層社會的人們似乎習慣將對方的從事的工作加諸在名字前面，例如：賣菜義仔、大麵春仔……，如此便於記憶、相喚吧，甚至開啟一生的連結。我的外公，朋友弟兄稱呼他「利仔哥」；若是較為生疏的，則喚他「刣豬利仔」。是的，外公和外婆早年在清水菜市場經營豬肉攤，但那於我，彷如只是一首歌要播放之前的空白卷頭。

直到有些記憶之後，那些叮叮噹噹的音符才開始在我的腦海中跳躍。那是鰲峰山下大街上，兩層樓連棟的街屋裡，其中，門前花叢裡一棵挺拔的玉蘭樹，像一把特大號的傘守護著，即是外公家。每回，外公若知道我們要回去，迫不及待似的見他早早守候屋外；而我不也如此，當媽媽告知下午要回外公家囉，心裡頭就有一股莫名的甜喜不斷湧上。如是，外公一看見我，輕喚：阿傑——。那個「傑」字，音總是拉得長長的，如似一條蜿蜒的溪流。然後，我高興地伸出雙手，外公一把將我抱起來，甚且故意攬得我好緊好緊，攬在懷裡用刺刺的鬍渣撫挲我的臉頰，我癢得受不了直咯咯笑他才肯罷手。

是的，從小在那樣的環境下成長，看習慣也做習慣了，舅舅和阿姨們各自成家立業後，也紛紛在各地菜市場從事豬肉攤生意。這個豬肉世家，聚在一起總有聊不完的市場經；外公又極愛鬧熱，舉凡過年過節、廟會辦桌，乃至住苗栗的大舅和阿姨得空回來，外公一通電話像桶箍那樣把我們攏在一塊兒。

大舅和阿姨們在菜市場收攤後也陸續返家，難得回來，每次總提得大包小包。媽媽住得近，但也不忘到外公常去的鵝肉攤切了半隻鵝回來，還吩咐老闆剁後半段，外公嗜愛的肥嫩部位。媽媽並非外公的獨生女，但自小懂得向他撒嬌，最受他寵愛；不曉得是不是這層因故，還是因為我身體的缺陷，外公也特別疼我。

一進廳堂，外公就連忙把他的藤椅讓給我。三舅和大阿姨常開玩笑說：「阿公那個大位，就只有你敢坐上去而已！」其實，那是因為其他的椅子椅面都鑲著大理石，外公怕我坐了會疼吧。

我們爺孫倆就這麼依偎在角落，靜靜聽大伙聊天。

時間翻個身就這麼來到八〇年代，那時，外公除了擁有數個市場攤位還是一家紡織廠的股東。和外婆打拼大半輩子，算是事業有成，該退休的時候了，遂逐漸將自己在清水東亞商圈和菜市場的豬肉攤位，分別交由二舅及三舅他們夫婦經營。過慣了緊湊生活的他，抑制不住騷動的靈魂，很快即被幾位老友推舉出任當地的老人會會長。

彼時，卡拉ＯＫ伴唱機甫流行，街上常可見外務員一手拉著伴唱機一手拿著麥克風，邊哼著歌邊推銷。外公上任會長後，便極力向鎮公所申請經費購置了一台，讓社區老人家來會館可以唱歌娛樂。

外公自己也唱出興趣來，除了會館，家裡也買一台。那時我已經上小學，假日午後，媽媽帶我回外公家，還未到門口，便已先聽見歌聲從屋裡傳出來：「乾杯乾杯盡量呼乾／麥擱想過去的創傷／擱想無路用／展出笑容／醉後來好好行入夢中／明日醒來猶原／是一尾活龍……。」外公低沉的嗓音，像烈酒入喉，後勁深厚。

看見我回來，外公高興地將我攬在他身旁，嚷著要我陪他唱歌，隨後將另一支麥克風遞給我。我雖不若外公像一台活點唱機似的，什麼歌都會唱；但時常聽他唱的十幾首拿手歌，什麼台東人、流浪三兄妹、不想伊……，我還能哼得上幾句。哼著哼著，幾個拉長音的地方我總顯得氣不足，咬字也不清楚，還好有外公幫忙領著。音樂歇息，外公豎起大姆指稱讚我音感很好，音都唱對，要爸媽買一台給我在家裡練唱；說這樣對我發音有幫助，講話會比較清楚。說著時，外公牽起我的小手放在他手心，緩緩地撫挲……。

我總在想，二十多年的歲月裡，在外公身邊習得的那微小如生活細節裡的叮嚀，亦或為人處事的眉眉角角，一章章，彷彿是留給我們的人生講義呢。記得有一次回外公家，看到客廳裡堆滿一箱箱的鋁箔包飲料，未經思慮，我就把塑膠膜拆掉拿了一瓶要打開時，外公正好從內堂出來撞見，立時喝止我。外公解釋：那是他朋友要捐給老人會去旅遊時要發送的飲料。「你想欲飲，阿公來去買乎你。」外公摸摸我的頭。

如是，那些飲料若是外公自己花錢買的，他就不會出聲制止我了。從小到大，遠地親戚前來探訪，帶來什麼好料，外公總先想到我。即使，時間攀枝蔓藤來到很多很多年後，外公去世之前的前兩天，八十七歲的他，仍特地騎著摩托車帶了兩支鵝腿來我家要給我吃呢。

但也就在那天，他在自己生命中埋下伏筆，甚至在自己的意料之外。也許是從清水騎來梧棲這段路上，沿途的風景，讓他感知到什麼吧；亦或早已在心底蘊釀許久，像幾株悄悄滋長的野草：身子一向硬朗的外公，竟突兀地跟母親談起關於自己的一些身後事宜。

兩日後，住苗栗的小阿姨，因為家事紛擾，索性半夜驅車回娘家小住。隔天清晨，聊天中，阿姨提到一件事，外公聽了極為氣憤，一時情緒激動引發心肌梗塞，竟就這麼猝然離開人世。那是二〇〇二年，一個安靜而燥熱的暑夏。

初次面對親人的別離，是讀國中時曾祖母去世，那時對生命的殞落，懵懵懂懂，只記得，阿媽跟我說我再也看不到阿祖了，要我向她跪別，內心其實還不甚懂得感傷。然則每一個生命都必須結束，無從推拒。再次面對，是十多年後了，對象甚且是一個陪伴我長大疼我惜我的人。但，面對外公的猝逝，我在情感上竟顯得那麼拘謹、不知所措，像在克制什麼；又或許當時心中除了愕然，就只是想著該怎麼為愛風光的外公做點什麼事。於是，大家開始分工張羅，母親也把外公生前對自己後事的想法轉述給家人知道；我們遵照外公的叮囑，捨棄傳統壽衣，為他穿上最喜歡的那套舊西裝內搭白襯衫，繫著領帶，戴上毛呢帽，外公裝扮得就像他一生的風景那麼漂撇，出門遠行了。

在慌亂緊湊中為外公送行後，不知經過好些日子，才逐漸能放下那來不及話別的遺憾。之後的日子，我們仍回外公家，只是沒那麼頻繁了；大舅和阿姨從苗栗回來時，打電話要我們回去作陪的人，換成是照顧外婆的越籍看護小燕。而外公家客廳裡那些傢俱、雜物也都未更動，只是外公常坐的那張老藤椅很少人上去坐了。外公使用的茶具積了一層灰塵，不知從何時開始，外婆改以用保溫杯泡茶。

外公走後，我們的生活如依，如果真有那麼一點悵然，那就好比這個「依」字，失去人字旁，隨風飄盪。

之後有一次，大家回來幫外婆過生日，閒話家常時提到外公一些前塵往事，外婆在旁顯得落寞，咕噥著她很想念外公，三年多了不知道他過得好不好，聽鄰居說豐原的某某宮廟有在幫人家觀落陰，很是靈顯，想去試試。我們能體悉外婆對外公的思念，也抱著同樣的心情，想去探個究竟。但為了避免被套話而遭誆騙，行前，大舅還提醒我們去到那裡盡量保持沉默，不要交談，以免現場被偷錄音，洩露外公的生活習性與過往。

那是一間倚在半山腰的私廟，主祀瑤池金母。此處施行的觀落陰是由亡者附身在靈乩身上，直接和親人對話。進入前殿後，主事者要我們向瑤池金母燒香說明來意，並遞上一張紅紙要大舅把外公的生卒年月日及在場親屬的姓名一一寫上去。彼時，就好像要去見一個失聯多年的老友或親人，既期待又坐立難安。

終於輪到我們了。煙霧繚繞裡，半瞇著眼的靈乩沒來由地乾咳兩聲，似欲揣摩亡者的習性，在旁協助的主事說亡者某某已附身，你們可以開始問了。依序外婆、大舅，輪到二舅時，靈乩沒等問話，一開頭就指著穿短褲拖鞋的二舅，說：「我黃添壽出門攏穿西裝刁皮鞋，不像你們這些人穿得這麼邋爛……。」一聽到靈乩這番話，眾人頓時口張舌結，面面相覷，然後像傳達什麼祕密似的互相交換眼神；接下來的女眷似乎慢慢卸下心防，阿爸長阿爸短地傾訴思念，問外公在那裡過得好嗎？有沒缺什麼？有無把小阿姨帶在身邊？恍若，外公真的就站在面前似的。

轉呀轉地，鎂光燈「啪」一聲終於落到我身上。我怯怯地仍不敢正視他，忘了是媽媽還是二舅媽怕外公附身的靈乩聽不懂我說的話，主動跟他介紹：「阿爸，這是你的孫仔阿傑啦，你要保庇伊身體健康哦！」發楞間，外公緩緩向前，牽住我的手，輕喚著：「阿傑——」那語調聽來是那麼熟悉，同樣把「傑」字拉得老長；彷彿，就在輕然撫觸的剎那間，外公真的穿越時空來跟我們相聚。這一刻，我克制不住了……突然覺得自己腿長了肉，給了力，在煙霧纏繞中，我衝動的想去抱外公。

或許鶼鰈情深吧，人們總善於編織美麗的傳言。外婆在「見到」外公後，不久也辭世。座落在鰲峰山下大街上的外公家，頓時失去了主人，父母親由於不捨，便出資將它買下。幾年來，我和媽偶爾回外公家或到清水市區採買、辦事，每每在巷弄間穿梭，遍尋不著停車位時，總會心存僥倖地找間看起來破敗、無人居住的老房子前想要借停一下。有一次，卻冷不防從屋子裡竄出一個阿桑；原以為她的出現，是要制止我們停車，沒想到卻只是想提醒我們留一個通道給她進出。羞赧之餘，媽連忙道謝！幾番閒聊，得知媽是「利仔哥」的女兒，回憶的箱子一經掀開，一團毛線便糾纏得沒完沒了……說的盡是，外公在擔任老人會會長及調解委員會委員時，他的公正與厚道，以及為人的豪爽。

我在想，倘若，死去似一首歌的結束；那麼當我們想起這首歌，試著哼唱時，那些情感、記憶、逝去的時光會不會乘著音符，緩緩朝著我們蜿蜒而來……。

戳印

今年九月初小學開學，媽媽一大早就起來為要新生報到的姪子打理服裝等文具用品，再帶著他到家屋隔壁的早餐店用餐。

好熟悉的場景，像似一枚戳印重新蓋印在我的腦海。行動不便的我，遲晚至九歲那一年，阿媽才准予我和弟弟一同入學，還特地麻煩熟識的學校老師安排我和弟弟同班上課。記得開學那天清晨，我們兄弟倆睡眼惺忪地被阿媽叫起床，而阿媽早在廚房煮好兩碗花生油拌麵線等我們，香噴噴的花生油拌麵線淋上紅蔥頭是我們那時候最美麗的享受。阿媽總是說：「食土豆油卡顧氣管！」一餐後，阿媽幫我換上卡其色制服，揹著我，領著弟弟走向緊鄰家屋旁的小學。

來到教室，學生和家長原本興奮地沸騰著，我們祖孫的進門像似一只鍋蓋，頓時，把所有的聲響都壓得沉悶，只剩細微噓聲。接著，阿媽把我從揹巾裡鬆解，從農具袋裡拿出一條碎布，將我連同椅子綁住，在旁的同學的母親好奇地問阿媽為什麼要把我綁在椅子上？只見阿媽專注地打著繩結，說：「若無縛安呢，阮孫會跋倒！」

就這樣，整堂課我成了老師之外被同學注目的對象。下課時，在韭菜園農忙的阿公聽到鐘聲即踏著腳踏車趕了過來，吃力地攀越學校的圍牆，抱我去上廁所。在我背後則傳來同學指著我問他們的父母：「彼個那會袂曉家己行？」

第一天放學，是在菜市場做生意的媽媽抽空來接我回家。來到教室，媽媽看我被綁在椅子上，滿臉不悅地問我的導師，才知道原來是阿媽綁的。而後，媽媽和阿媽為了綁不綁我爭執了好幾天，最後那條碎布才解開。

此後，阿媽揹著我上下課的這幅奇景，便在庄裡暈染開來。當庄外人看到此景，好奇地問庄內的人，他們都會爭著答：「嘿著是——火旺仔嫂佮恁孫仔啦！」

六年的小學歲月，隨著我的體重的增加，阿媽的腳步越沉重。然而，捺壓在我的生命底蘊的力痕越是深刻。

刊載於2007年3月5日《中華日報》副刊

台北阿姑

相較數日前盈溢喜氣的家屋，今晨已隨著親友祝賀胞弟結婚的鮮花的漸漸疏落而淡薄。倏忽，電話鈴聲響起——父親與對方寒暄半晌才喚我接聽，原來是已十年未曾聯繫的堂姑從台北打來的：「文傑！你知影我是誰無？我阿姑啦！彼晚我佇結婚的會場那會攏找無你？」我回答阿姑：「我攏佇會場頭前咧招呼人客！」一至此，兩人彷彿陷落時光的泥沼，泛起我童年記憶渾重的漣漪……。

七十年代的台灣社會，為了農務所需的人力，部分都還是屬於家族群居吃大鍋飯的年代，當然阿姑也與我們同住在祖厝裡。彼時，父母新婚不久，草創事業，每天早出晚歸地在菜市場經營肉販；照顧我的擔子就馱負在阿媽身上。當阿媽農忙或到田裡送午餐給阿公時，稻埕西側就會逐漸踏來熟悉的腳步聲。

我知道阿姑又跑來照顧我了（先天罹患腦性麻痺的我，當時已經四歲了卻還只能躺在床上；不會走路甚至坐不穩。）阿姑會先在綠色紗窗門外探頭看我是否已熟睡？再進來為我更換尿布、餵食稀飯。然而躺在床上說話混淆不清的我總是咿咿呀呀地望向紗窗門外，阿姑知道我要表達的是什麼？餵完稀飯，她會抱著我出去透透風。屋外的稻埕內若有鄰家孩童在嘻戲追逐，孩童異樣的眼光總是鄙笑著我：「哈哈——袂曉行！愛人抱！」這時阿姑會執趕雞用的小竹尾把他們趕出祖厝的稻埕！再抱著我走到稻埕外，望著稻田裡豐實飽滿的稻穗，搖擺著身體逗著我笑；或者蹲下來雙手撐著我的腋窩，讓我踏步在田埂上。

數年後，阿姑遠嫁台北，跟隨夫婿經營奶粉中盤商的事業。而新婚不久那幾年春節，阿姑都會抱著她的女兒「阿慧」，另一手提著「克寧奶粉」來探望我；摸摸我的頭，時常跟母親閒聊一會兒，即匆促離去！離去前——眼眶有些溼熱的阿姑總是抱著我哽咽：「阿姑欲帶阿慧來去坐火車，明年才擱轉來看你！」

記得往後的數年，每每看見火車時，我總會對著家人喃喃重覆唸著：「阿慧坐火車」，直到火車駛向遠方，它才會嗚一長聲地沒入我的腦海。「阿慧坐火車」這五個字，在我的童年記憶裡彷彿轉化為我個人對「台北阿姑」的專屬密碼，多年來一直儲存於我的生命底層的磁碟裡。

些微暖和的聽筒最後傳來阿姑期待與我再見的約定。掛上電話，我的腦海湧現一抹欣喜的笑顏：那是阿姑當年蹲下來雙手撐著我的腋窩，讓我學習踏步時，當我跨出第一步的剎那，阿姑所漾開的。久久不散……。

刊載於2006年9月9日《中華日報》副刊

轉折

1

如果以生命的刻度而言，一九九〇年是我生命裡一個皺褶處，在皺褶的陰影裡我遭受排擠、邊緣，終至我躲退到更深處。而今我很慶幸，因為我有機會躲退到那最深處，使得我原本貧瘠的肉體與心靈體魄皆被滋養得豐潤、圓美。

我始終記得一幅生命景象，景象底層彷彿布滿了密密層層的神經，每當午夜夢迴不慎觸壓到，無不抽痛不已……。那是一九九〇年春天裡的一個午後，在我就讀的國中教室裡，媽媽搭著我的肩膀，撫慰啜泣不停的我那幅景象。

那天中午，在菜市場忙著做生意的媽媽，身上沾滿油垢的圍裙仍未脫掉，便趕忙帶了一盒鄰攤阿姨煮的水餃來學校要給我當午餐，還沒掀開便當盒蓋，我就急著將那張隱忍著啜泣所寫的紙條遞給媽媽：「媽，我不要讀了……」

媽媽接過紙條後，一邊拍撫我抽搐的肩膀，邊忙著收拾我的書包。就此，我休學一學期。

原本燦亮年華的我，暫離了人生原應遵循的軌道，選擇一處支點避居。而暫緩學業的原因是，我無法忍受同儕間對我的冷落與排擠，甚至污辱。原本我國中一年級的教室是在三樓，某日，校長看到阿公每日晨昏都得揹著行動不便的我上下樓梯很辛苦，於是徵求我父母同意，下學期便把我轉到位於一樓的班級。

離開了半年來相處得很自在，又時常熱心幫助我的那群同學，我和就學過程以來一路伴讀的大弟轉到了位於一樓的班級，起先他們對我這個半途轉進來的特殊同學，有些生疏；歷經一段時間，還是冷漠。上體育課時，他們並沒有像之前那班的同學們會揹我到操場觀看他們活動。於是，每個禮拜的體育課等於我的自習課，常常我就趴在桌子上小憩，或者盯著被神格化的蔣介石的遺像發呆，一盯就是一堂課。一日，他們上完體育課回來，一位女同學著急地向班上同學說她的一枝鋼筆不見了！由於上堂課只有我一個人在教室，我遂成了眾人注目的嫌疑犯，於是，班長當下決定要檢查每一個同學的書包，最後，並無在班上任何同學的書包裡發現那枝鋼筆。而我講話不清楚，更無意去解釋我連一枝筆掉落在地上，都得等到下課時，有人不小心去踢到才會彎下腰幫我撿起，（當然，在之前那個班級，隨時都有人幫我撿起。）更遑論，我要怎麼靠自己走到離我座位數公尺遠的座位呢？事發過後，每每上體育課之前，同學們都會把自己認為較珍貴的物品帶在身邊，恍若認定那枝鋼筆就是我偷走似的，終於，我無法繼續待在這種氛圍裡了。

離開了學校，媽媽把我安排到當時與我們家來往得親近的三舅家，那兒離我家僅數公里，當地的田野景觀或韭菜園皆與我偏居的武鹿庄幾近相似。每天清早，媽媽要去菜市場做生意之前，會先繞去那裡把我交給舅舅，早晨去時舅媽若還沒起床，舅舅會先揹我到他們家樓上，舅舅以前開過自助餐店，樓上堆置著許多方型摺疊餐桌。初到不久的某日，舅舅突發奇想將那些餐桌併為兩排數公尺遠，教我以雙手扶桌子學習走路，當我來回走到背脊濕透時，遠方依稀飄來一股記憶裡熟悉的香味，原來是舅媽從樓下大氣吁吁地端了一碗撒上紅蔥頭的花生油拌麵線在前頭等着我，此刻，我便「三步作兩步行」顛顛晃晃地奔向就著衣袖拭汗，卻仍笑得整排假牙閃閃發亮的舅媽。而舅媽總是一口一口耐心地餵我，若是近午，舅媽忙著燒飯給家人吃，她便會以筷子將麵線捲成一團，讓我自己就著碗扒著吃，她則往返於廚事和我之間。中午，表姊從菜市場做生意回來時，我若還沒把那碗麵線吃完，在廚房的舅媽則會向表姊喊著：「順續給阮蔡董仔飼飼咧！」吃完麵線，表姊會再倒一碗從菜市場買回來的肉圓仔湯給我「續嘴尾……」很快地，原本我削瘦似猴的身材，被舅舅一家人養得肥滋滋、圓滾滾的，沒幾個月爆增了十公斤。

其實，初到舅舅家時，我每天總是巴望著傍晚的到來，像似走失的孩童，縮躲在牆角等待父母來尋回，因為彼時爸爸就會從家畜市場選購明天要賣的毛豬回來，而繞去舅舅那裡接我回家。

一段日子之後，我漸漸習慣了這裡的生活，並且喜愛；甚至時常央求爸媽讓我多待一會兒，就是為了要等待就讀國中三年級的表哥放學回來。年紀長我半年的表哥，身材卻長得比舅媽更高壯，他一回來即會抱著我騎上當時少年仔很風靡的機車「名流一百」一起去「軋車！」說是「軋車！」其實只是在舅舅家附近的田園農路之間兜逛而已，但由於那是我一整天唯一的「放風」時間，是以，心情格外馳騁、雀躍起來。若是到了韭黃的採收季節，望向遠方一壟一壟的韭黃畦，常會望見一對對夫妻；或者是父子檔正忙著將覆蓋其上的深色遮陽棚搬移上來，以備其後的採收。而回程繞經土地公廟折返向西時，地平線那顆橘紅彷彿為我這一天又圈下了一個圓美的句點。

2

在舅舅家，每天早上做完復健，舅舅會揹我下樓和他泡茶笑談，舅媽若忙完家事也會坐下來陪我們，她總是戲稱我：「蔡董仔你真好命！恁阿舅攏泡茶互你飲！」我羞赧地趕緊微傾啜一口舅舅端在我面前的茶，待金黃色茶湯入喉後，總把整個早晨帶得暖和而甘甜。偶爾，舅舅的朋友或舊鄰也會來找他閒談，話題不外乎圍繞著當時的政治與社會議題。

九〇年代初期的台灣雖已解嚴，實質上，言論自由仍然受高壓強權的國民政府所箝制。因此，舅舅和朋友們每每談到敏感的政治議題時，旁人時常噓聲提醒大嗓門的舅舅壓低聲響。

彼時，在聽聞裡，烙印在我年少的心靈至為深刻的是鄭南榕先生的自焚事件。縱使當時鄭南榕先生已經過世一年，但他主張台灣獨立、捍衛言論自由的決心與行動，仍像一壺好酒般地在社會各個角落裡發酵、傳飲……。

後來，我在舅舅和他朋友的閒談中，聽汲到一些教科書上未曾提及的政治迫害，或與事實相悖的台灣歷史事件，之後，我才逐漸地對這塊生養我長成的母土，產生了不一樣的認知和衝擊。像似一道道巨浪拍打在我的胸膛，帶來一片片的生機，也淘走了多年來因為不當的教育體制，所結積在我腦海裡恍若癌細胞般的思想。

就像當時僵化專橫的教育體制之下所強行灌輸的愛國思想，舉凡國語推行運動、校內班際歌唱比賽……等等。

令我印象至為深刻的是國語推行運動，說是推行國語運動，實則為矮化、貶抑學生們以母語交談。通常都是級任導師點名風紀股長執行「監聽」的任務，講一句台語，罰五塊錢繳交為班費，有些不甘被抓的同學則會幫風紀股長監聽，抓一次可在名單上的「正」字抵消一劃，規則以教室內外為界。每每等到週會，風紀股長公布結清名單與金額時，必須繳交數十塊錢以上的罰款的同學，往往都是那幾位老面孔，有的裝出一副不在乎的樣子，我不曉得他們是故意還是怎樣。而我講話不清楚，不常跟我說話的同學根本聽不懂我的語意，是以，我等於享有言論免責權。

而彼時的我，也會跟著為班際歌唱比賽帶頭練唱的班長，聲嘶力竭地唱著：「黃沙滾滾，思緒澎湃如錢塘，黃沙滾滾，我熱淚聚成長江……」唱完學校規定的指定曲，接著哼起較為溫馨的自選曲，其實也是級任導師在挑選數首之後，抄寫在黑板上要我們舉手表決，歌詞的內容不外乎是在歌頌中國的長江、黃河、喜瑪拉雅山的美麗闊壯。粗略的印象裡，當每個學期，正式班對班比賽時，幾乎都是由唱最大聲和最為整齊劃一的班級所獲勝。

之後，當我的台灣主體意識逐漸受啟蒙時，我才知道當初我所高聲歌頌的並不是我的國家的景觀。謙卑懷抱台灣島嶼子民的是玉山；而汩汩哺養台灣島嶼子民長成的是濁水溪……。

如果記憶有溫度的話，那這一段記憶一定是灼燙的，一直跟著血液灼燙至耳根。

3

就像蚯蚓在豐潤的土壤中飽食了礦物質之後，漫出地面舒展般的。半年之後，我也離開了白天寄居舅舅家的生活，返回學校繼續未完成的學業；繼續生命未完成的行旅……

在國二升國三的時候，由於我的理科成績和大弟差異懸殊，不得已離開了從國小至國中伴讀八年的大弟，被學校編入了後段班。

隨著後段班生涯的啟始，接送我上下課的阿公也日愈老邁，不再適合每天踩著腳踏車奔波於家居至學校數公里的路程，改由媽媽開車接送我上下課。另外，媽媽也央託我的同班同學之中兩個和大弟頗為熟識的，麻煩他們每節下課或抱或扶著我去上廁所。

不多久，我便和他們逐漸混熟。其中，一個同學憨面（之所以會叫他憨面，是因為他的名字唸快些就成了憨面），憨面他父母在學校後方經營早餐店，早自習的時候，經常可見班上同學人手一個以類似漢堡盒裝的米糕，乍看之下，頗為美味。一日，我即麻煩憨面從家裡帶來一個給我，嚐完之後，我連沾留在嘴角邊緣的甜辣醬也不放過，嘴饞似地沾於姆指吸吮。而後，更像似吃上癮般的，經常麻煩他幫我購買。在往後的早自習時刻，常常可以看到他為了不忍讓我因為手腕的不協調，常把大半的米糕抖落在課桌和地上，而貼心的一口一口餵食我的情景。

青春年少，恍若綠橘子般地剝開我懵懂的初戀和年少難免的叛逆。其實那不能算是初戀，只是喜歡；只是那個年代的一種意象符號，或解釋為流行吧！只要看上哪一個女孩，幾乎每一個男生的書包前後，都會以原子筆描寫著那個女孩子的名字的最後一個字，其前再添上一個「惜」字。

我亦不例外地描繪出「惜微」兩個字，但那是我的左右護法裡的阿派硬要為我「代筆」的。其實在後段班的生涯裡，許多班上同學們都戲稱那兩個熱心協助我的同學為我的「左右護法」。

事實上，他們不但為我題字，還以激誘的方式慫恿我寫情書給那個女孩子。她是我一年級上學期還未轉到一樓那班的同班同學，我已忘記當初是怎麼提起勇氣去書寫那封信，只隱約曉得那封信像「瓶中信」般地漂流了許多地方，最後才流轉到那個女孩子的手上。之後，她也回了一封信給我；給了我一個頗為冠冕堂皇的下台階，信上秀逸的字跡寫著：她目前因為面臨升學壓力，暫時不想談及感情，而我以後也會找到比她更善良、嫻淑的女孩子。

4

在國中即將畢業的最後半年，也是我的生命地圖裡最鮮明也最闃暗的一段風景……。

彼時，在教室或廁所內經常可以見到同學們縮躲在牆角吸食安非他命或強力膠，還是毒癮發作時所出現的顫抖、昏睡在桌上的情形。亦時常可以看到別班的學生因為看不順眼或者為了某個女學生爭風吃醋，而帶一大群或校內或校外的小混混來我們班摔桌椅尋仇，或者我們班義氣相挺，持握著擦上層窗戶用的長拖把或摔斷的桌腳趕出去的景象。緊接著在不遠處總是出現我們戲稱「管仔」的管理組長，手裡緊握一根釣魚竿般粗細的藤條趕來「壓陣！」記憶裡，那根藤條即使是換新的，末端總不時都分叉而開花。

面對這些景象，起初的我總是縮躲著甚至嚇得發抖，後來逐漸司空見慣了，甚至在廁所裡開始偷偷地吞雲吐霧起來。上課時，遇到不感興趣的科目也懶得帶課本，有一次生物老師問我為什麼不帶課本？我始終不發一語地斜睨著她，結果被狠狠地摑了人生第一個巴掌，而浮腫在臉頰的五爪痕，當天傍晚放學旋即消褪。但卻深深烙印在年少至今的心靈……

畢業前夕，前段班的學生鎮日埋首案桌準備高中聯考，而我們後段班繼續留下來聽課的同學幾乎稀少。記得那時我總是跟著左右護法相約蹺課，印象中最為深刻的一次是大甲媽祖進香繞境回來，那天午後，我和阿派共乘一輛野狼機車，身材滿高壯的阿派騎起那輛野狼機車，好似在把玩一個玩具，他將我擁在胸前，靠近加油孔那個位置，我們一路從清水馳騁至接近大甲溪橋，接著香客的逐漸增加，我們的車速也逐之減弱。那是我在生命地圖裡為之震懾的景象，數萬個信徒，每個人一手肩揹著一只簡便行李；另一手高舉一炷香旗，虔誠地推擠在擺滿流水席的街道，蜿蜒成一條人河，而波浪般地逐推至市中心的鎮瀾宮。

而國中畢業典禮那天，因為我的雙腳才剛動完鬆筋手術出院沒幾天，裹在雙腳的石膏還未拆除，不便前去學校，故麻煩媽媽替我代領畢業證書。媽媽回來之後，像了結一樁心願似的雀躍地跟我說，她今天早上跑去清水街上的電器行買了兩台卡帶式的手提音響，剛才已經麻煩校長在畢業典禮上，頒贈給一年來無微不至照顧我的那兩個同學，也就是我的左右護法。當時被石膏裹得直挺挺躺在病床上的我，擠牙膏般的勉強擠出一彎微笑。

盛暑之後，我以優異的成績考上彰化一所專門招收肢體障礙者的學校，我考上的是他們的高職部美工科，而後，因為我的雙手會不由自主抖動，不便於美工製圖。在迎新座談會裡，美工科老師向媽媽建議我改讀家政科。

就讀高職的三年間，或許是因為我的學業成績一直都很優異，又和我們級任導師很談得來。期間，我若碰到一些學習上或私事而感到沮喪時，級任導師時常把我叫進教室後方的小辦公室裡開導我，以「抬頭樂幹」四個字來勉勵我對人生的態度。另外，國文老師也時常在課堂上向同學們稱讚我寫的文章，並鼓勵我朝著文學創作的方向邁進。這些話在我往後的生命路程裡，都影響我極為深刻，間接地激勵我慢慢走出這條燦亮的人生道路……

時光荏苒，當初我在生命路程裡遭受到排擠、邊緣時，那個收容我；讓我貧瘠又受傷的心靈能獲得滋養，繼而啟蒙我的台灣主體意識的舅舅，十幾年來已換了數份工作，最近在我們移居已然九年的梧棲家居後方小公園的榕樹下，重操舊業營販起豬肉。常常，我從菜市場買水果回來，開著電動輪椅從旁踅過時，身穿短褲花襯衫，身材仍如同當年那般削瘦的舅舅，總是笑臉迎著我：「阿傑！你欲轉去囉？」而不是「蔡董仔！你欲轉去囉？」因為身旁站著的，已不是當年那個一口一口耐心餵我吃麵線的舅媽，「蔡董仔」這個戲稱早已在多年前隨著舅媽掩埋在一坏紅土底下。

獲第九屆磺溪文學獎・散文獎

輯二

時光行旅

返回生命的初點

回到梧棲的隔天晚上，我開著電動輪椅若有所思地漫行著，穿越霓虹閃爍的梧棲市區，而後漫入燈火闌珊的梧棲老街，停佇，恍然明白，我是企圖重溫前夜那宛如偎在母親懷裡的溫暖。

前陣子，阿媽家的北側因拓寬道路，緊連的右護龍被怪手剷平，四周石路泥濘。因此，我足足有兩個月未曾返回家鄉清水探望阿公阿媽。直至春節前夕，阿媽來電：「憨孫哦！咱埕前的點仔膠舖好啊！你會使轉來囉！」一是以，我內心蟄伏已久的鄉愁便召喚般地挑起了回阿媽家過眠的念頭，亦想藉此沉澱、梳理傷痛的內裡。於是，隔天中午我便悄悄地開始收拾背包，像似欲離家出走怕被發現似的。其實，背包裡只是裝入一套盥洗用具和一件外套，還有一本書，那是數日前我到濁水溪畔探望吳晟老師，他親手贈與的

《尋訪詩的田野》。

收拾好背包，我即把我要回阿媽家過眠的想法告訴母親，而母親尚能體會我需要自我梳理一番的心情；又見我已將背包揹至電動輪椅後方，因此無再勸阻，只是問我：「阿媽家的廁所你不方便，你要怎麼上廁所？」我應了她，我有辦法處理。

就這樣，我開著電動輪椅巍巍顫顫地沿著西濱橋下的砂石車陣，半個多鐘頭後回到了家鄉，也是我愛戀的所在。

跟往常一樣，我並沒有即刻繞回阿媽家，而是在二八戶社區的岔口前熟悉地右轉，回到那一條東望可遠眺鰲峰山的農路。佇立，抬首望去，翠綠黃點的韭菜花田裡，粉蝶紛沓，三五成群的農婦，趁著韭菜花收成的季節，彎腰抽取成束，以向地主或承租農換取微薄生活費。

凝望間，我深吸一口氣，霎時，鼻腔內縈迴著一股熟悉的韭菜花的香辛味揉合泥土味，直竄胸口。我似吸食強力膠那般地亢奮，恨不得將之分裝帶回梧棲，待鄉愁發作時，予以服用……。

此時，暮靄已灑落眼前這片韭菜花田與我，像似許久未見我的鄉人輕撫我肩膀而喚著。果真，從小見我長大的舊鄰——昆明仔姆婆從前方踽踽前來，望著我：「你當時轉來？」我怯怯地回了嘴：「才轉來無外久……」她則隨手朝我的電動輪椅後方的吊鉤上東掀西翻，喃喃說著：「擱會曉買肉圓轉來給你阿公阿媽食哦！」而後，一路喃喃地向農路彼端淡去。

臨暗，而我不冷，披附著一襲家鄉的薄暮，我回到阿媽家。頓時，我被眼前的景象給怔住——怎麼我兒時騎三輪車嬉戲的大禾埕被道路瓜分得僅剩一小塊三角形的西瓜片？而右護龍恰似手臂被砍斷似的，血肉模糊的裸露在我眼前。

怔住片刻，阿媽從屋旁的小園圃掖著兩件剛從竹竿架上取下而猶未乾暖的厚衫，跛步的走向禾埕，遠遠見到我，便指著我向我嘮來：「……啊唷，憨孫仔，你那會這陣給我轉來？那會無坐車，家己給我駛轉來？毋是物啊你……」那種感覺像似回到小學時，我被同學揹去收割之後的稻草垛嬉野回來，阿媽作勢要輕捏我臂膀那樣。

「糜才煮好，趁燒，緊入來食啦！」當阿公聽見阿媽的大嗓門，知道我回來了，老遠的在灶間叫喚著。而我像隻剛被農人看到的田鼠，一看到洞穴，趕緊鑽了進去。

當然，我這突如其來的歸返，讓兩老原本簡就的餐食更縮減不少，幸好，我從梧棲帶來阿公最喜歡吃的肉圓。而阿媽老早就進去灶間為我煎了兩個荷包蛋給我加菜，而且是那種邊緣微焦、蛋黃未熟的，我最愛吃的口感。每次我總是拿湯匙從中戳破再一滴不漏地將蛋汁舀起拌飯。其間，我告訴阿公阿媽今晚我要留在這裡過眠，阿公拉亮聲調問我：「有影亦無影？」隨即大聲的逐一轉告給日愈重聽的阿媽知道，阿媽表現出一副好像在跟我打賭似的，大聲的向我說聲：「好！」而且緊連幾聲……

是的，自從我三、四歲跟隨父母搬離此近兩百公尺遠的新居後（當然對我現在來說，已成舊居，因為我們在九年前已再移居梧棲。），算一算，我已近三十年未曾在這孕育我生命的初點過眠了。

餐後，阿公點根菸與我對坐在埕裡，喃喃自語地嘆著庄子裡哪個老兄弟最近過世；又哪個親戚患重病在等日子了，隨著嘆息和懼怕，吐出的煙霧更是一個接一個裊繞至天際而淡去。而我無語，靜靜聽著耳畔響起的蟲聲，有時爭鳴；有時和諧地交響。三十年來，我初次感覺，與夜，與大自然這麼貼近，像似緊連著生命底蘊。

然而，更深露冷，阿媽已倚在門內叫喚我們祖孫倆進屋。阿媽說：「你和你阿公睏正手爿那間，那間的總舖較低，你較好爬起來！我來去睏正身。」我則回阿媽：「你和阿公先去睏！我看一下仔冊，才來去睏！」當阿媽要轉身進房時，又轉過來叮嚀我：「我幫你提一個桶仔在你阿公的尿桶邊哦！」

進到客廳，我小心地扶著桌子，撐起身子挪至籐椅上。靜坐了數刻，阿公推門進來，夾雜著戲謔問我：「有啥物需要阿公服務無？」我遂教他怎麼把充電器的插頭接連在電動輪椅的座孔上。進房前，他交代我等電池充足後再喊他來拔掉。

夜是深了，且靜。我拿出背包裡的《尋訪詩的田野》隨意翻讀，十餘頁後，眼睛有些酸澀。此時，方格小窗外，傳來遠處幾聲狗吠伴著霧氣飄渺，凝神聽，我似聽到家鄉傳來了心跳⋯⋯，驀然間，我知道我正依偎在家鄉的懷裡，閱讀家鄉這冊詩集。

靜默數刻後，我有些睏了，遂跪坐於地吃力地拔掉充電器的插頭，再慢慢地撐起身子坐上電動輪椅，拿著背包進到阿公的房間，那也是我跟父母住了三、四年的房間，封存著我兒時的記憶。開門後，阿公已睡得深沉，我試圖就著暖黃微燈，從牆壁或案桌的塗鴉找回我童年的片斷。記得那時，母親若無暇陪我，總是撕一日曆紙讓我隨意塗鴉，待她事情忙完，她會靠在我身旁，牽著我抖動的手，教我寫字。起初，我總是因為手腕的不協調和手指抖動，學得非常氣餒，而使母親甚為難過；甚至自責沒有給我一副正常的身軀。但當她含下淚水後，又會牽著我抖動的手繼續寫下去⋯⋯。我永遠記得當我學會寫的第一個字是日曆上緣印的中華民國的「華」字之後，伴隨而來的，是那抹母親的燦亮笑容。

阿公依舊睡得深沉。我有意無意從背包後袋取出那一枚半年來一直帶在身邊的粉紅色髮夾，而後，小心翼翼地爬上床鋪，深怕擾動到阿公的深眠。

耙梳記憶的藤蔓，去年春天，我在接受復健治療過程中認識妳，不久，我們便逐漸成了朋友。一次妳來我家吃飯時，那個不經意協助我用餐的小動作，讓我喜歡上妳這位可愛、善良的女孩。於是，我刻意的接近妳，一段時間之後，我們從醫病的關係昇華為頗能談心的友伴。那枚髮夾便是半年前妳約我吃飯時，我要送妳的，許是，我的用心追求，妳察覺到了我喜歡上妳，因此妳踟躕後沒有赴約，而我也將它一直保留在身邊。

隔日，我便向妳表達了我對妳的心意，結果妳應該是嚇到了吧？從此有些刻意與我保持距離。然而，這半年來我並沒有因此而退縮，反而更加關心妳；甚至，在心中默許下了一份工作，就是先從照顧妳的身體健康開始。而我們的關係亦逐漸恢復為熱絡。

去年冬天，妳幫我做復健治療時，突然問我，我把妳定位在哪裡？彼夜我在電話中平穩地告訴妳——你是我生命中很重要的人，我想照顧妳。自此之後，妳待我就逐漸像似陌生人那般的冷淡。

躺在通鋪上我撫觸著那枚髮夾良久良久，也回憶起妳說妳曾經受我感動過，亦感受到我對妳很好……。隨著那些羞赧的容顏與聲音像似落葉般一片片地飄然於我腦葉，心底一股錯綜複雜的情緒亦汩汩湧動著，加上睡不習慣通鋪（僅管通鋪上已鋪了一層厚棉被，但當半夜轉身翻移時，仍會嘎嘎作響，讓人分不清是木板還是骨頭所發出的聲音），於是，一個鐘頭、兩個鐘頭、三個鐘頭……過去之後，我仍未眠。望向窗櫺外，月光淡淡地淌了進來，而竟灼燙了我的雙眸。

所幸，我閉上了眼睛，想起了在這段顛躓、迷惘的愛情過程中，幾位扶助我的良友。頓覺，人生路上有你們相伴而行，我會心而笑著。

窗櫺外，曙色已露。踅身，在朦朧光影裡，我依稀聽到數十年來習慣早起的阿公阿媽早在灶間匡啷作響，我也起身拿著盥洗用具推出房門。阿媽看到我推出房門，隨即進去灶間乘了一盆熱水，跛步提來圓板凳上，悠悠地說：「這燒水給你洗手面！」當她那雙為了多掙些生活費，數十年來早已被辛辣的韭黃污水浸皺的雙手使力地幫我擰乾毛巾時，又喃喃說著：「我昨晚去給你偷看三擺，你那會攏無睏？」我並沒有回答阿媽什麼，只是繼續低頭刷牙。

晨曦已灑落大地，但猶沁寒。我加了件外套，把阿媽的叫喚拋在耳後，拗執著跟隨阿公到土地公廟燒香拜拜。經過自家田地，承租阿公的田地耕作的祺獅叔公正在巡田水。他在彼端吆喝著：「老大仔！你孫仔今仔日那會較早轉來？」阿公牽著腳踏車走向他，邊說著：「伊昨晚轉來這過眠啦！」約略，我看到祺獅叔公每次看到我總免不了的搖頭嘆息：「伊娘的！無彩生做那麼將才……」於是，兩個老兄弟並坐在田壟上，相互拱手點根菸後就開始談起水稻耕作的經驗，亦或，近期庄子裡發生的大小事。

而我，獨自佇立田畔，望著圳水默默地流淌著，並平緩地注入每一塊田地……。

像似，注入現居梧棲的我的血脈裡，平緩而溫熱地流淌著，然後，汩汩淌入我很深、很深的心裡。

刊載於2006年12月號266期《聯合文學》

回眸

打開隨身帶在電動輪椅側袋的《聖經》，讀經進度剛好落在〈出埃及記〉，摩西帶領以色列人出埃及的故事。翻讀不久，便利商店店長端來已幫我加好佐醬的涼麵，並貼心的多給我幾張紙巾，我會心的跟漂亮店長道謝後，便靜靜地在心裡餐前禱告。

透過光潔明亮的落地窗，我隨性望著眼前這條座落在梧棲市中心的中和街。地理位置夾在清水和沙鹿之間的梧棲，像個沒人疼的媳婦仔，老杵在角落裡望著西邊的台中港。中和街，談不上都會光亮，但麻雀雖小，五臟俱全，舉凡：便利商店、水果行、鎖匙五金行、印刷社、中藥店、肉圓爌肉飯、眼鏡行、報關行、飲料咖啡站……；拜鄰近兩所中小學和鎮公所在此街之賜，中和街亦可戲稱為早餐街，一條不到一公里的中和街，有著十幾家中西式的早餐店。而我家就誕生在鎮公所往北行，一首生日快樂歌唱完，即是我家。

怔望著眼前這條亮瑩瑩的文明巨蟒，再過去，我似看到一九九七年那個大地仍睡得香甜的冬夜，我們一家五個人硬撐著眼皮跨過夜的溝壑，等候吉時一到，老爸和大弟分駛兩輛車載著過厝所需的物品，由小弟雙手捧著裝有祖先牌位的竹籃，揮別那棟從嬰孩開始慢慢把我們拉拔長大成人的老家；我甚至不捨的頻頻回眸張望，好似我和母胎的生命臍帶被行進中的車子硬生生扯斷。沿途，老媽叮囑我們不可以亂說話，若遇到需要過橋轉彎，老媽就誠摯的恭請祖先們要跟好哦！

到了燈火通亮的新家，來幫忙的道士已等候在門外，隨即將準備好的祭祀物品擺放在事先搭好的祭壇，還吩咐老媽將準備好的一袋嶄新硬幣依序發給我們；交代我們一些入厝的注意事項，便出來引領我們進入屋內，之後邊唸著雙腳踏入門，錢財跟著來；一邊將手中的硬幣鏗鏗鏘鏘地撒響屋裡每一個角落，我們也跟著「有哦！」「發哦！」來呼應道士所講的吉祥詞句。一段冗長繁複圍著祭壇兜繞的祭拜儀式之後，家人疲憊地歪躺在角落，我也跟著癱軟在輪椅上，盯著這棟陌生的樓房四處瞧望，每件傢俱物品均貼上了十元硬幣大小的紅格紙，紅格紙漫患成一種幸福的想望。

在小學還沒畢業之前，就已得知父母在梧棲購置了一棟五層樓的透天厝。此後，每天引頸企盼，想望像一株幼苗終於長成一棵俊拔的喬木，我們如願以償地在大弟結婚前夕搬來這棟新家。五層樓的建築，家人的居住樓層都分配妥當，我因行動不便，窩在一樓父母為我規劃的五坪大小的無障礙套房裡。

那時父母來梧棲菜市場做生意已經十幾年了，也算是梧棲人了，但厝邊隔壁對我們這個新厝邊仍有些好奇的眼光。剛開始我因環境不熟，又天生方向感不佳，只敢開著電動輪椅在我們家前面這條中和街，還有後面的小公園逛逛。一段像小時候尿床不敢把被單掀開來的景象——每回如遇感冒小病要去國宅區那邊的診所拿藥，老媽都叫我自己先去，她騎機車隨後就到，邊說還邊叮嚀我：「過消防隊後直走不久要右轉，看到熱帶魚泡沫紅茶店再左轉就對了！」待我飛到消防隊後，怎麼每棟建築物都長那一副臉，沒什麼醒目的五官，胡亂奔竄，怎麼找也找不到，落得停在路邊拿起當時最夯的小海豚，吃力地掀開鍵盤蓋撥打給老媽，催促她來帶路，屢試不爽。

當時的梧棲市中心，對我這個在清水韭菜田長大的庄腳囡仔來說，是個夾雜純樸與都城風情的所在，像打赤腳習慣的庄腳人，你突然要他穿上拖鞋或皮鞋，免不了有所掙扎和不適。那時的中和街還有一間小商店，算是後期的柑仔店吧，四塊紅色看板以楷體白字寫上「金滿商店」，彷彿舉起手慢慢揮別那個舊時代。「金滿商店」我未曾進去過，搬來梧棲不久，隔一條街剛落成的梧棲農會文化大樓一樓就開了一家生鮮超市，此後，我成了生鮮超市的常客，有事沒事就開著電動輪椅往裡面閒逛吹冷氣，看著琳瑯滿目的物品，生鮮蔬果東望西瞧。而休閒小站等冷飲店尚未占據梧棲時，中和街擁有一家裝潢高雅的咖啡廳，我就曾經花好幾百塊當盼仔，和初戀女友在那一家咖啡廳喝咖啡佐鬆餅，啃咀一個酸酸甜甜的午後。

彼時的中和街還有一家泡沫紅茶店，就在距離我家不到五十公尺的轉角處。搬來梧棲不久，海線社區大學跟著成立，因緣際會我開始了文學創作，在那為賦新詞強說愁的青澀時期，我常常晚上洗澡完，頭髮還未乾就跑去那一家泡沫紅茶店，隨意點了杯廉價的冷飲，就著暈黃的投射燈，寫下一些瑣碎思緒，那時櫃台上的音響盡是播放香港四大天王所唱的歌，身旁間雜幾個報關行的外務員在比十三支的嘻嚷聲。於是，那些所見、所感，從中汲取、潛移默化為我日後創作的一股靈活豐沛的泉脈。

搬來梧棲的初幾年，老媽常邀我回清水老家走走；說走走，不外乎就是收拾鍋碗瓢盆等一些新家用得到的東西，或者拿著掃把抹布，樓上樓下四處清理灰塵、蜘蛛網，不然就從樓上打包一些我們囡仔時的玩具、衣服、集郵簿等物品，再一一從塑膠袋裡撈出來問我：「這個有沒有用？啊那個還要不要？」我是個念舊的人，盯著這些熟悉的東西，根本無法取捨，卻無奈於我那五坪大小的房間裝不下每一件時光之物，只能收藏一幅高中時代美術課畫的塞納河畔油畫作、陶藝課以陶土條相疊起來的筆筒，還有幾本跟高中導師私密對話的生活週記、一疊從小到大在別人的羨慕和驚歎聲中所奪得的獎狀。人生之河，我只能留取這些舊物勉強來堵塞那流失不止的生命洞口。

偶爾，我們整理好老家要回梧棲時，老媽會順道載我回去看望阿公阿媽；亦或，我也時常獨自從梧棲開電動輪椅回來。每每，阿媽看到我總愛虧我一下：「哦——阮這街仔人轉來囉！」然後像情人小別重逢似地趴在我耳邊廝磨：「阿媽真心悶阮這隻狗！你敢知影恁欲過厝去梧棲新厝彼暝，阿媽是躲在巷仔口偷偷仔看。」之後，她會娓娓訴說她如果想念我，她會拿床邊那張我的照片金金看，不然就跟阿公拿著鐵門的遙控器，到我們那棟房子打開來四處看看。

隨著老媽一次又一次將這棟房子僅剩的一些陪伴我們成長的記憶和血肉，逐漸竊取、打包之後，我們便很少回去了。偶爾在歲月的奔流裡，行經老家門前，或匆匆一瞥；或不堪的偷偷回眸，我看到的是一副逐漸頹圮，卻又略帶點鄙夷的老臉望著我。曾經我是那麼懷想著，有一天我會再搬回清水老家落葉歸根，但如今我想我回不去了。時間像一塊橡皮擦，而人們總是那麼輕易遺忘；那麼薄弱得無法推拒！我不曉得當阿公阿媽百年之後，那塊土地剩下什麼可以召喚我歸返？

十一年了，時光像台織布機，嘎啦嘎啦地交織出眼前這一落人生風景，當初我抱在懷裡餵牛奶的姪兒，現在已有足夠的力氣，幫忙我從坐癱的輪椅上抱正。就像當年台中港築港時，種植在臨港路兩旁的榕樹，歷經九降風長年的洗禮，即使已駝背也要奮力挺起腰桿迎接每天的到來的姿態，我也習慣了每年秋冬九降風和砂土毫不留情的撲打臉頰。

電影《練習曲》裡，立陶苑女生說：「我們每個人來到世界上，都是一趟獨自的旅程，即使有人陪伴，終究還是要各分東西。」六年前外公心臟病發，預知死亡已來臨似的，跟小阿姨呼喊了一聲：「啊——我去矣！」果真就像少年時，徒步挑著線香翻山越嶺到各地去叫賣那樣遠行了，接著小阿姨跟外婆也撒手離去。

望著霓虹閃爍的中和街，眼睛眨呀眨的，彷彿與我訴說生命的明滅。那年我和初戀女友去過的那一家咖啡廳，就像我們那一份愛情的脆弱，經營沒多久就夭折了，現在改賣永和豆漿；而轉角那家我浸潤許久的泡沫紅茶店，停停開開好幾回，現在改賣西式早餐。我現在用餐的所在——全家便利商店，去年仍是一間老照相館，只是無法跟同街另一家設備新穎的照相館競爭，長年下來逐漸寥落。老照相館的老闆是我爸的初中同學，迎門右牆上老掛著一幀歌手張惠妹出道時的沙龍照，老闆和老闆娘通常歪躺在那一堵過時的櫥窗後方的躺椅上看電視。每回我去沖洗相片，老闆娘就趕緊蹬起來歡顏悅面地招呼：「你媽媽叫你拿來洗相片喔？」

去年年底，我看到老照相館不甘心地闔上眼拉下鐵門，一樓的店面、暗房開始拆除，接著裝潢工人的空氣壓力槍打釘的聲音此起彼落地響著。那時，隔街斜對角的7-11店長遇到我，指著隔街斜對角大興土木的地方，有點目孔赤又無奈地問我：「你知道那裡要開什麼店嗎？富士他們一樓已經租給全家了。」然後像拎一隻貓輕掐著我的後頸：「雖然全家離你們家很近，啊不過我對你那麼好！你到時是毋通給我落跑喔……。」

於是，中和街誕生一間便利商店了，那種心情就像當年搬來梧棲，迎接全家第一個小生命那樣欣喜。此時，自動門開闔的鈴聲就像度晬囡仔咿咿呀呀的，透過光潔明亮的落地窗，我看見一股新活力在這條街上湧動著……，但我卻又看到落地窗前反映的臉龐已不若當年的清俊。

獲第11屆磺溪文學獎．散文獎

跟阿爸去散步

有一段時期，為了健康設想，幾乎每天傍晚爸媽都會相偕回清水爬山；但儘管才剛運動回來，阿爸偶爾還是會出門走走。飯後，媽忙著收拾，通常都是我陪阿爸去散步。我開著電動輪椅在家居旁的小巷追上他，跟他嚷著：「來去行咧！」阿爸總愛詼我：「欲行，就要落來行！」我側過頭來望著他，故作撒嬌地說：「我陪你出來吸空氣，按呢會使未……？」

在霓虹閃爍的梧棲市區，阿爸有時搭著我的輪椅椅肩緩步走著，歎說家裡令他煩心的事，譬如，豬肉攤交由我大弟夫妻經營，不曉得生意好不好，大弟會不會得罪顧客？他也憂慮小弟在公司的人際關係。面對阿爸的叨絮，我只是靜靜聽著。在家裡，我像個吃「飯坩中央」的人，只顧著在文學創作上鑽研，總以為，天塌下來，自有阿爸頂著。

走著走著，我們來到菜市場附近，在自家肉攤外面，遇到熟識的攤販來菜市場出貨，阿爸總愛跟他們抬槓幾句。有回，遇見一位對我較不熟悉的攤販，好奇問我爸：「你後生識字否？頭腦精光否？」阿爸笑笑地跟他說：「你識的字可能還沒有他的多！他還讓總統召見過呢，你看貓無點哦！」我看見阿爸得意地笑著，神情裡，卻似乎流露出些許悵然。

阿爸常說：傑也，你如果能走能跑，不知迷死多少女孩；今天你也不會待在阿爸阿母身邊了，也許台南台北四界發展。

我和阿爸不多話，總是跟在他後頭，有時他會突然停下來說心臟好像怦怦跳，我趕緊上前讓他有個扶持。某次，我們佇立在游泳池門外，阿爸指著對面一幢豪華的透天厝說：「我和你媽去爬山時，遇到這間米店老闆娘也在運動，看她面色蠟黃，與之前判若兩人，一問才知洗腎度日。」阿爸歎了一口氣，繼續說下去：「老的從死裡做了過來，自己卻享受不到；而現在少年人，歡喜就開店，不然就關門躲在樓上享受，唉，你們這一代無法度像我們這麼拼了……。」

那是總統大選開票後的夜晚，我們才剛為著政權輪替而有所爭論。飯後，我裝作若無其事，照樣偕阿爸出去走走。一路上，他的話特別多，似乎想化解我的尷尬，我們在游泳池門外的花檯歇憩，阿爸一面做著伸展運動，邊跟我說：「傑也，政治莫看得那麼重啦，咱就換人做做看，若不行，四年後再換回來嘛。」聽完這段話，我心裡盡是懊悔與赧然。

然後，阿爸動完心臟手術，在家裡休養。那日，下了一整天的梅雨，夜晚，阿爸望著外頭的天氣跟我嚷嚷：「躺二十幾天了，不出去走走也不行！」於是，阿爸找來一截塑膠管當作手杖，然後搭著我的輪椅椅肩，慢慢走入家居旁的小巷。未幾，雨又飄下，阿爸拉拉鴨舌帽嚷著怕著涼，只好回轉。

原以為，阿爸動完手術，再調養一下身子，就能一勞永逸。沒想到，那是我最後一次陪他散步，阿爸還是離開我們了。

兩年來，夜晚我仍舊習慣出去走走，看看世間，望望星辰。滿天的星星在眨眼，我總感覺阿爸一直陪在我身邊。就像某一次，阿爸早我一步出門，我扒完最後一口飯，追出小巷時已看不見他的蹤影；我開啟電動輪椅的電燈，在巷口左右梭巡，對面公園裡，突然傳來阿爸俏皮地學著阿公獨有的吆喝聲，喊：「傑也！」

刊載於2011年9月2日《人間福報》副刊

聽媽媽說話

好似很長一段日子了，逐漸習慣一個人過日子的感覺。白天除了到醫院做復健治療之外，整天守在案前看書，有時只是呆想著暫居台北，髮茨漸漸蒼白的雙親；夜晚則晃到鄰近的7-11購買明天要吃的早餐，或是獨自窩在家居附近的麵攤叫碗蔴醬麵。

那是初次離開爸媽那麼久，夜晚總不知在想些什麼，久久才入眠。盼呀盼，就像讓未服過兵役的我，去感受從受訓一直捱到出中心，終於見到家人的那種欣喜；但過沒幾日，卻像快燃燼的菸屁股。平靜的耳朵似炒菜鍋，開始有人敲敲打打，媽媽嚷著說回家好幾天了，怎麼你都穿那幾件衫褲，想帶我到台中走走。

說著說著便把我抱上車，發動引擎後，媽媽笑說十幾天沒開車了，不知道還會不會開？我心裡想著她十六歲偷開舅舅的貨車上街，差點被警察攔下來的趣事……。接著她吐了一口悶氣說，自從你老爸生病十幾天來都陪在伊身邊，好久沒有這樣出來透透氣了，說完用一對飽含言語的眼神望著我，停了一下又望回前方繼續說，最近你老爸的脾氣變了，要是以前的我怎麼可能輕易讓伊，而現在只好裝傻或假裝沒聽到。我只是靠在車門靜靜聽著，眼神卻注視著中棲路旁那台老是貼著售字的老舊紫色廂型車，心想著這台車為什麼有時候停在往台中方向，有時候停在往梧棲方向。

媽媽接著說起爸爸這十幾天在台北的狀況，說爸爸住院期間，她外甥是怎麼每天在上班前下班後為她送來吃食，還有那些龍山寺旁的紅糟肉和粿仔條是怎麼的好吃……，說著說著，舌頭還意猶未盡地滑動了一下。後來說到早晨跟爸爸在院區附近散步，看到幾個紅衫軍在台北火車站前叫鬧的情形，說後來警察怎麼舉牌制止……。我的心裡好似被這股血流衝擊著，我沒有應媽媽什麼，心中只有對執政者的貪鄙，吐不出的嘆息。

車子慢慢爬上坪頂的紅土台地，陽光大剌剌地對著懶洋洋的我，媽媽指著中控台問我要怎麼把ＣＤ切到收音機？我像似每次教她用電腦或上網教到有些不耐煩的語氣，告訴她按下左上角的「RADIO」按鍵就可以了。媽媽有點鄙視地笑說，這麼簡單哦！然後調皮地再把它切回ＣＤ；彼時，江蕙的「思念呦」前奏重重響起。車子隨著音樂的起伏，媽媽以一種心疼摻雜好奇的語氣碰碰我的手臂，問我這十幾天來我的電動輪椅是怎麼充電的？我說自己學著充啊，運氣好只要兩分鐘就可以把接頭插上電動輪椅的插座；搖搖抖抖最慢也不過十分鐘啊！不然我暗光鳥每天摸到十一、二點怎麼叫弟弟幫我充？

過了一整排的高樓大廈，陽光重新淋了下來，我帶著依賴的語氣喃喃說，這兩次多虧她願意幫忙，不然我不知道要叫誰陪我去抽血做各項檢驗，媽媽應我怎麼不回去榮總找藍主任？我說我的關節炎又沒有發作什麼的，只是例行的追蹤檢查，而且藍主任的門診又都在晚上才看得到，有夠麻煩的。說完，媽媽用手裡揉縐的衛生紙習慣性地擦掉嘴裡頭多餘的口水，然後有點詭異地笑說，你還在肖想伊啊？我頓了一下，像演講前假裝把準備稿的折角對齊，才囁嚅地說，我不想讓這世人有遺憾，我認為自己比正常人還要優秀，所以我不會去看不起自己，假使說跟伊沒緣分，那麼這世人有個很好的朋友也不錯啊……。只見媽媽不急不徐吐了一句，人家醫院那麼多人在看，你是毋好食緊撞破碗哦！話才說完，我緊張地指著前方一台橫在大墩路的灰色廂型車說，阿叔在那裡耶！媽媽看到隨即拿起手機打給叔叔，像簽中六合彩似的口氣跟叔叔說，我和阿傑有看到你咧！你是要到哪裡送貨啊？我是要帶阿傑去中友買衫啦！你有空常常來跟你大哥坐坐啦，不然伊在家裡靜養會很無聊，前幾天還要我去買刊明牌的報紙給伊看，說伊這樣加減研究比較不會無聊，不然自從這樣以來，伊菸也沒抽了，六合彩也沒簽到一支。

我靜靜地在心裡想著，幾年前我們跟叔叔為了一些事而有些摩擦，如今卻因為爸爸生病的關係又熟絡起來，真應證了老一輩的人所言，打虎掠賊親兄弟！

靜默了許久，像舊式卡帶首曲播放前那段空白。車子轉向英才路，媽媽歎了口氣跟我說，你老爸這樣辛苦半世人，才想要享享清福，現在卻落得這樣；又歎了一下，帶著海浪拍岸挾帶某種情緒的語氣襲來，你老爸假使怎樣，咱兩個以後不知道要倚靠誰。此話一出，就像在飽漲的心湖裡，滴下最後一滴水，剎時，整個湖面完全失去了張力，我胸口斷斷續續起伏著，身旁的媽媽遞了兩張面紙給我，我按下車窗搖搖抖抖地沾著眼淚。然後，母子倆就像走過一個無人的海岸，寂靜得只剩下海潮聲。

車子過了英才路，沒幾個光影就到了五權路，媽媽開始東張西望找她以前習慣停放的停車場（因為她技術不好，不敢把車子開下去中友百貨公司的地下停車場），我暗笑地跟媽媽說，信合美眼科前面那塊地，早就被中國醫藥學院拿去蓋新醫院了啦！她頓了一下帶點羞赧的問我，啊是什麼時候的事？我淡淡地應，已經好一陣子了。

後來，我們繞一圈把車子停在中山堂附近的停車場。媽媽從後車廂拿出輪椅過來給我坐，再從車內拿出皮包吊掛在我的輪椅後面的手把上，我好奇地盯著她把外套繫在腰間，媽媽似乎看出我的狐疑，邊幫我從癱陷的輪椅上抱正邊說，我跟你老爸在台北時，外出散步我都是這樣繫著比較方便又時髦。

在路上走著走著，媽媽突然轉到我前面來對我說，你如果還喜歡著她，那就加油一點！不要讓人家看扁你。我沒有回答媽媽什麼，卻逕笑得像初春攀出牆圍的一朵花。

刊載於2009年11月16日《中華日報》副刊

修理手電筒那一晚

那是一支環保手電筒，多年前參加某活動，主辦單位送的；需要時只須搖晃幾下就能亮幾個鐘頭。日後拿取時，我常因抓握功能差不慎摔落，久了，電源鍵接觸不良。

那年冬天，阿爸一身穿得圓滾滾地窩在沙發上看電視，我從房裡取出手電筒，嚷著要他幫我修理。

「這贈送品沒多好啦，去買一支較讚的，……常常在修理。」

「……這支滿方便的，放在床邊要用就有不需再裝電池。」我一副可憐樣，趕緊往阿爸身旁靠去，就像小孩子撒嬌地追著大人纏想要的東西，並急欲跟對方解釋擁有這個東西的正當性。

阿爸雖叨念還是起身戴上老花眼鏡，首先，他把燈蓋轉開，小心地抽出整個燈組，一瞧，便發現電源鍵底下的鐵片有些脫落了。他隨即找來一張紙片，把它摺成一截菸蒂的大小，抵在鐵片和電源鍵之間，一副專注的神情，映對著電視機嘈雜聲，當下，我喉頭好似梗著一根刺，有什麼話想對他說，卻說不出來。

組裝完，阿爸拿著手電筒試了又試，確認沒問題了，才輕吁一口氣，說：「有歲數了，舞這個幼路，淡薄仔吃力呢。」說完，想到什麼似的到廚房櫃子剪來一截老舊的鞋帶，說要把它綁在手電筒末端，邊綁還故作哆嗦狀，甚至調皮地用他冰冷的腳掌輕壓我的腳背，我不甘示弱地踏回去，執拗得彷彿原本就該踏在上面。

後來，我把那支手電筒當作紙鎮，收在桌曆中間。日前，要將桌曆自十月翻到十一月時，看到那本紙角略翹的桌曆，有些怔住：時間怎過得如此快？這樣就一年了？是的！它一副理所當然似地回答我。喔，原來阿爸過世一年多了。這些日子，生活好像從容，而快樂與悲傷常互相拉扯，常常我為了一件事很開心，嘻嘻哈哈笑著，下一秒我問自己，我在哈哈笑什麼？

一陣恍神後，我把手電筒拿出來，望著那末端用鞋帶綁成的手環，記得那時阿爸跟我說：「我綁這樣，你較方便拿，不會常掉下去。」我緊緊握著……。

刊載於2010年12月29日《中華日報》副刊

復康巴士

車子繼續在大肚山台地爬升，過了坪頂，左前方隱約就可看到一幢連著幾棟的米白色建築物錯落著。而車子裡，司機阿伯繼續以老掉牙的冷笑話，試圖逗樂你因午後顛簸而來的疲態。你僵硬地跟著呵呵一笑；或微微一抿。

「榮總到囉！」司機阿伯清亮的聲響宛如電流般，倏地撐開了你半闔的眼皮。當他跑去開啟後車門準備操作升降機時，你抖動的手才遲緩地移動電動輪椅，然後升降機慢慢把你降至地面後，只見司機阿伯細心地幫你解開升降機的安全帶。你斜著半邊臉，吃力地咬字卻仍含糊不清地說：「阿伯！今天復健做到三點哦！」

一個禮拜兩次到榮總醫院的復健治療，已耗去二十年的時光。二十年來有四分之三的時間是由母親開車陪你前往，然而這一大段時間又有一半，因著你倔強的脾氣而羞恥坐於輪椅，所以都是由母親從山坡下的停車場，一步一步呈佝僂狀地把你揹上榮總醫院的復健區。印象中，還有著一段深刻的記憶，一次母親載著你車經榮總醫院的途中，因母親時常熬夜，睡眠不足遂分心而發生車禍。霎時，前擋風玻璃瞬間龜裂成細網狀，無法看清楚前方路況，母親嚇得與你相擁著哭嚎！

時已跨越三十而立之年的你，仍舊一個禮拜兩次到榮總醫院的復健治療，堅持的是為了維持自己的身體機能而著想。只是搭乘的交通工具已經在五年前改變為縣政府的「復康巴士」，母親也開始稍放心地讓你獨自前往。

五年來，你仰賴著「復康巴士」載著你到榮總醫院做復健治療，載著你回清水老家探望阿公阿媽，讓念舊如你能抒發思鄉之情。而初次有機會隻身遠行東北部，也是由它帶著你去。在異鄉沿海漁港的強勁海風吹襲下，你緊縮著身子、冷畏地泛起淚光，還記得，是它溫暖的車廂慰藉著你想家的孤寂心靈，彷彿依偎在母親的胸膛一樣。

此時的你，依舊在鍵盤上敲打；揀選著文字。叭叭的聲響由遠而近，你轉頭瞥去，彷彿望見了那輛復康巴士又在門外等候著，等候帶領著你馳騁於人生的道路……。

刊載於2007年2月7日《中華日報》副刊

那個深秋午後

那是一個深秋午後，日光像個淘氣的孩子，賴在人們身上。你一身西裝，提著一盒香菇滿身汗進到家裡。前幾天，我的新書發表會上，主持人邀你上台致詞，你說不到幾個字就哽咽難言，那個畫面還鮮明印在我腦中。不久，媽媽搬了椅子來我房間要我招呼你，就外出辦事。你脫下西裝，鬆開領帶，挽起衣袖就坐在我身旁，喃喃唸著新書發表會那天沒機會跟我多聊，就帶著妻兒趕回集集，趁著今天回清水順道來看看我，你嘆了口氣跟我說：「若不是老師的家庭經濟狀況還不怎麼穩定，我真想買幾十本分享給至親好友。」然後我們隨意的聊著生活中的種種。

那是八〇年代，我和大弟讀小學高年級，爸媽經朋友介紹，聘請你來清水當我們的家庭教師，教國語和數學。那時才二十來歲，你身材矮壯，還在學校當棒球教練，常來不及把球服換掉就來為我們上課，再趁我們寫作業空檔，像隻肥貓溜進廚房阿媽身旁，跟阿媽討些東西來吃。上課時，我耳朵聽著課文，眼睛卻盯著你手上那隻可以玩遊戲的電子錶。你知道我們想玩，有時就把它當作寫完作業的獎賞，拔下來讓我們兄弟玩得盡興！

你捧著我的台語詩集不太流暢地唸起來，唸著唸著突然像拎一隻貓輕掐著我的後頸：

「你家不是拿香拜拜的，啊你怎麼信耶穌了？是不是為了書中那個女孩？」

這一問反倒讓我想起來，小時候有回你來幫我們上課，你的手腕上突然出現三個烙印整齊的結痂，你還告訴我你皈依的法號。我不曉得你是不是也為了愛情？你繼續唸著我的詩，我索性放些音樂來聽，不久你用手肘碰碰我的手臂說：「其實你有幾首詩滿適合譜成曲的。」然後即刻撥手機給陳明章老師商談幫我譜曲的可能性，恰巧，老師不在家。你又提起去年幫忙推動募款的319鄉村兒童藝術工程，描述當晚紙風車劇團在集集的演出是如何讓小孩子開心、陳明章的歌是如何讓人感動落淚，還跟我借電腦，在網路上show當晚演出的內容給我看。一旁，我望著你專注的臉龐，慢慢拼貼出你這十幾年來參與公共領域的圖像。

唸完小學，大弟便吵著要跟同儕一樣到外面補習班補習，爸媽依著我們；那時你也欲離開清水，幾年相處下來，總有些情分，爸媽叮囑你有空要回來找我們。直到好多年後，你回來清水找老朋友，也來看看我們，這才又取得聯繫，不過這時你已和你的朋友林雙不一樣棄教從政，當國會助理，身旁還牽著新婚妻子。有一個春節，你帶著妻兒再度回來；而那時我們已從清水移居到梧棲，你跟鄰居要到我們的電話，輾轉找到我們，此時的你已離開職位，回到你的家鄉集集。

後來，我曾在電視新聞上，看到你頭綁白布條手持大聲公，帶領鄉親在街頭抗爭，激情吶喊。霎時，我心中怦然，驚喜，但又訝異，這是二十年前那個矮矮壯壯的棒球教練嗎？

之後，爸爸也曾拉著我從電視節目上，看到你以捐地的方式幫助一群身心障礙孩子成立一個庇護家園。前年夏天，我跟你約好要帶領一群身心障礙朋友到你的庇護家園參觀，一下車只見那群孩子圍著你：「陳叔叔！陳叔叔！」殷切地叫著，天真的笑容就好像他們在菜園栽種的花朵一樣燦爛。

當天，你也帶我們到集集車站玩，待約好回程時間，我帶來的那群朋友鳥散狀在附近隨意兜逛，我們師徒倆則佇在集集車站前的柵欄。木廊下，有一對拉奏小提琴的盲胞老夫婦，你趨前拍拍老先生的肩膀和他打招呼。我們沉浸在老先生拉奏出來的一首首悠揚台語老歌的旋律中；也閒聊過往趣事。其間，有兩三個在地人經過，他們見到你宛如對待自己親人老友一樣，勾肩搭背，打掃車站廣場的老婦人也跑來跟你這個「陳代表」請託一些事。不一會兒你便將老婦人的事情處理好，回來斜坐在我的輪椅扶手上，拿出手帕擦擦汗。我忍不住詼你：

「老師，你好像是集集的鎮長！大家攏欲找你！」

就像這個深秋下午，我拉著你聊了好多好多，遠方的落日疲倦得快闔上眼；我們的談話像運轉不太順暢的老唱盤，開始嘎啦嘎啦的拖拉著，我問起你最近還有沒有在帶隊打球？這一問，挑起你的興致，你說：

「帶囡仔搥野球，是我的興趣！我前幾天才帶囡仔去南部搥轉來咧！」

你站起來伸伸懶腰，說天色暗了要回家了；我腦中的許多老記憶也站起來伸伸懶腰，嗶嗶剝剝的，彷彿還聽得到聲響。

刊載於2011年7月20日《人間福報》副刊

青春戀歌

下課鐘聲聲敲響，妳從後方走向前，遞給我半個綠橘子，微駝的身影無語地向教室外走去。接過橘子，我也收拾書包飛著電動輪椅到校門口，等候媽媽接我回家。

坐在圓形復健館前，洋紫荊花已盛開，緩緩飄下些許紫紅色花瓣，彷彿為了這份最初的純真而感嘆。妳從宿舍那方走來，空氣裡散發著妳沐浴後的芳香。頭髮未擦乾，隨性的妳邊走邊哼起時下的流行歌曲〈新不了情〉。我拿起那半個綠橘子示意與妳同享，妳坐下來，思索良久才問我：「為什麼現在才說出來？」我沒有回答什麼，只是反問妳如何抉擇？妳說：「大家都是同學，不想傷了彼此的友誼。」

對妳的這份感情，從此凝結在那淡淡的秋涼氣息。

畢業多年，我始終無法忘記妳。常常，回憶起與妳那一段綠橘子般酸甜的高中歲月。於是，我花了好長一段時間重新追求妳，妳感冒久咳不癒，我到處向長輩打聽治咳祕方，再麻煩媽媽寄給妳（因為那時我還褊居清水，離郵局還有一段不短的距離），到最後，滴水穿石那樣，妳終於被我的真誠所感動。

記得初次約會，是我麻煩弟弟載我去彰化找妳。而早在這約會之前，細心的妳，就事先去檢視我們將前往的餐廳，是否利於我的電動輪椅的行駛以及洗手間的無障礙環境。讓我印象深刻的是，餐後，妳忿忿不平的將餐廳裡不利於輪椅行進的所在，逐一列於紙條交給餐廳的服務人員。從此，這位懷有社會理想主義的女孩，更是深深吸引著我。

往後，我們也常去找彼此，但是大部分都是妳來台中找我居多，我知道妳體諒我的行動不便，我也瞭解我們的交往，為妳引來許多側目與親友的不諒解。還記得一次我們相偕在裕毛屋用餐，巧遇妳的高中老師，我們相執的雙手，並沒有因為遇到他而鬆開，後來，他單獨與妳談話，我知道他與你談什麼，但我始終不曾問妳。

關於我倆的情感記憶，許多都是在樹下蘊釀與滋長的。行動不便的我，無法帶妳上山下海去編織絢麗的交往過程；有的只是兩杯飲料相伴，妳談著在生命線當志工，所見識、吸收而來的一些關於家庭與兩性之間的想法與觀念。偶而，也會低著頭和我談起妳的成長背景，妳出生父母就離異，爸爸在外搞政治，從小幾乎是同父異母的姊姊們把妳帶大的。妳們之間糾葛著一種既複雜又矛盾的感情，偶而觸及陰暗面，妳起初泛著淚，而我總是牽著妳的手，像大樹為陰影下的幼苗遮風避雨那樣，陪妳一起梳理。

交往不久，因緣際會我接觸文學創作，言談之中，得知妳的姊夫是一位兼及台語詩創作的小說家，此後，妳時常拿著我的台語詩作給妳姊夫指導，麻煩他給我一些建議與方向。那段日子裡，我時常擁著妳卻背對著妳落淚。感動的是，你為我付出的點點滴滴。

或許是妳的成長背景與工作環境所影響，我卻無法去體諒，只顧著自己無法承受那樣緊繃的心情，做出一個懊悔與不該的決定。

分手多年，再次收到妳的信息是SARS侵襲台灣時，妳寄來一封問候信與一疊口罩，信裡對我的關心仍不變；讀完信，我望著那一疊口罩，怔住好久好久。

獲2009年戀戀梧棲愛情故事徵文比賽．佳作

走進字裡行間

一九九八年，我們從世居的清水移居來梧棲不久，那時我已高職畢業多年，卻因行動不便，一直找不到工作，就像時鐘的鐘擺，整天晾在家裡閒晃，父母親擔心我會因為身體的障礙而放棄自己。是以，找幾個朋友在最短時間內教會我使用電腦設計名片，次月便幫我在家裡成立一間名片設計工作室，然後利用父母親在生意場上的人脈，幫忙接案子回來給我設計，我自己也會開著電動輪椅在大街小巷尋找新開幕的商店遞名片。剛開始，很多店家會以為我是上門行乞者，隨手拿幾個銅板要打發我，待我拿出事先印好的字條，他們才了解我的來意，但仍懷疑地打量我。就這樣，一個月接著幾個案子。

飛著的電動輪椅

兩年後的二〇〇〇年秋天，台中縣社區公民大學在梧棲國中成立海線校區，開學那晚，媽媽陪同我到學校挑選課程，密密麻麻的選課單上印著幾十門課程，當我看到講師欄寫著「路寒袖」這三個字，我的腦海遂浮現出——某次在電視上收看藝人蔡振南所主持「台灣南歌」節目時，某集裡受訪來賓詩人路寒袖在手指間夾根菸，及其娓娓而談的手勢，那個帥氣的樣子。回過神，我便隨性地要老媽幫我在選課單上勾選詩人路寒袖所開設的「台灣歌謠欣賞與創作班」。就這樣，糊里糊塗地走進了那些字裡行間。

但問題來了，公民大學的工作人員跟我媽媽說，他們向梧棲國中承租的教室都在二樓。聽到這個消息，我的內心就像一個人高興地被拋向半空中，卻沒看見天花板很低。眼看下禮拜就要正式上課了，還好老媽想到一個常來菜市場跟我們家買豬肉的梧棲國中老師，爸媽之所以能在菜市場跟老外做買賣，也是這個老師教他們一些簡單的英文會話。於是，我們拜託他跟梧棲國中協調，把我們班的教室安排在一樓。

而後，每個星期二傍晚，我總催促老媽趕緊燒飯，好讓我得以趕在六點半上課，通常我都隨便扒幾口飯，就雀躍地飛著電動輪椅趕到學校。進到教室，初認識的那幾位同學都爭著幫我挪桌椅，好讓我的電動輪椅得以進入。

上課不久，路老師即鼓勵我們提筆創作，我也勇敢地寫下一些生澀的詩作。寫著寫著，偶有得意之作，我也開始嘗試投稿，但是幾乎每投必退。起初，那對自己的心志，彷彿是一種磨難，就像自己在感情路上的坎坷。投稿作品就像是對愛慕的人的告白，除了自己在感情上的真摯，本身還要有點才華，而最重要的是，要老編對你感覺到心動。不同的是，雖然我在肢體上是有些跨越不去的限制，但我在我的作品裡，擁有完全自由的靈魂。那時候，路老師就已經在推《玉山學》了，他說登玉山，可以感受天地的開闊；登玉山，是為了向自然學習謙卑；他還戲謔地跟我們說，身為台灣人，一世人沒有爬過玉山不能死！說得我恨不得當下跳上觔斗雲，一蹬就到玉山。我在心裡想著，我這世人不太可能爬上去，但至少可以為玉山寫一首詩吧。於是，我藉著跟路老師爬過玉山回來的幾個同學，他們分享的所見所聞以及拍回來的相片，寫就了〈你就是阿母的靠山〉這首長詩。

人生，像遠洋的船隻

討海人說，人生親像遠洋的船隻，無可能規路風湧恬靜……；我的文學路也是。我們的「台灣歌謠欣賞與創作班」從二〇〇〇年的秋天開課，到二〇〇二年年底，因為公民大學的承辦單位易主，原來的課程也跟著結束。我們與路老師的師生情誼，也告一段落。

不久，朋友引薦我到靜宜大學，旁聽當時的駐校作家吳晟老師講授的新詩課程。每週兩節的課程，都是由台中縣政府的復康巴士接送。初見面，吳晟老師就待我很親切，很疼惜我這個後輩，助長我青暝毋驚大槍，每次都「憨膽憨膽」搶在那些大學生之前回答老師問的問題；有時候，吳晟老師還會神祕地笑著交待我：「蔡文傑你麥講，給他們想看覓咧！」那時我已經開始經營長篇散文，每每寫完一篇作品，我都會帶去學校請他指點。待下禮拜上課的休息時間，他總不厭其煩地跟我講解我需要修改的地方，擔心我會忘記，他還拿出紅筆像批改學生作業那樣一一圈起來。

在靜宜大學兩年多，我的散文經過吳晟老師的牽教進步顯著，比起我的台語詩還略勝一籌，但還是屬於中規中矩的一種書寫模式。隨著吳晟老師的退休，我也離開校園，回到了一個書寫者必須面對的自我摸索過程。在摸索過程裡，就像一個人用布矇起雙眼，沒有手杖、沒有任何人的協助，徒手在字裡行間探觸、跌撞。一直到晚近，縱然我還常常被退稿，但我不再感到難過；反而我還調皮地回信給老編，跟他說，風大我愈欲行！

刊載於《生活觀》第55期

輯三

人間走踏

賺食

自外公開始，母親那邊的家族幾乎都在菜市場擺豬肉攤討生活，第二代有的留在清水，有的帶著外公傳承的技術與經驗，跟著先生到苗栗發展。婚後，為了不和舅舅們的市場重疊，我的父母親從清水來到梧棲發展。每次家族聚會，我聽到的都是市場經，卻在搬去梧棲之後才真正認識他們。

我們是在大弟結婚時才舉家搬來梧棲的。既然下一代業已成家，父母親便逐漸將整個豬肉攤交給大弟去承擔，阿爸在旁輔佐，而媽媽人如其名，是梧棲菜市場的玉蘭花，每天打扮得漂漂亮亮的只管招呼客人。

新家鄰近菜市場，開電動輪椅抄小巷拐個彎就到了，我便時常在菜市場踅逛、採買水果。偶爾，我也上去公有市場，那是父母親工作幾十年的地方。有一次我去探望他們時，阿爸忙著剁排骨給在旁等候的客人；大弟剛從清水送貨回來，緊接著又埋頭備貨給附近一間餐廳。斜對面的大麵阿姨見到我親切喊著，然後吆喝我媽，要她待會兒去盛一碗麵給我吃。原來是鄰近幾個叔伯阿姨，偶爾興起，各自提供食材煮一大鍋，大伙分食。菜葉、肉絲和麵條在鍋上滾沸著，冒出團團霧花。接近中午，鐵皮屋頂的菜市場也像個大悶鍋，蒸騰著。

初次開電動輪椅來到父母親工作幾十年的地方，是年節，媽媽要我去市場幫忙送點貨。那時，大家正忙著收攤，水管、洗潔精、板凳、塑膠籃子散落在攤上，有人忙著將剩貨搬進冷凍庫，有人蹲著在刷洗地板；自家肉攤附近幾個叔伯阿姨見到我來，笑嘻嘻的，我羞赧地連忙點頭。一位賣水果的阿伯知道我從小愛吃香蕉，老遠喊著問我要不要吃，然後拿一根走過來要給我。父親見到他，邊收拾刀具邊嚷嚷：「鹿港ㄟ，你未免太芭樂屎了吧？要就多拿幾根啦！」面對父親的揶揄，只見他悄然走掉，嘴裡不知叨念著什麼……。

媽媽說，這是他們相處的方式，幾十年了，都了解對方的脾氣、個性，隔天一早遇見，幾句粗俗的問候，便熱絡如初。

在市場走逛，我初識一位專賣芭樂的阿婆。我從小牙齒不太好，芭樂只挑軟的吃，而全梧棲菜市場只有阿婆賣軟芭樂。跟阿婆買賣，我不會特意去看磅秤，也不會出價，她會說出價錢然後把零頭去掉。軟芭樂有季節性，有時買到不好吃，隔天跟阿婆反應，她回我說：「可能這陣子雨水濟啦！」阿婆做生意手腕好，客人一離開，從攤子底下的紙箱挑一顆塞給我。

有一陣子，我常駐足古物玉石攤。和攤主混熟了，我總戲稱她為老小姐，為何如此稱呼？端看她有點歲數了，卻是濃妝豔抹，很會打扮。老小姐也是老江湖，客人翻看物品，她不主動介紹，氣定神閒地在旁看書；等客人開始詢價，嫌東嫌西，問可否便宜一點，她才起來招呼。一來一往，價錢殺不下來，客人使出欲走還留戰術時；老小姐若覺得還有點利潤，就叫住對方，價錢按在計算機上，裝作不給其他客人看到，靜靜拿到他眼前。客人若滿意，就掏出鈔票；不滿意，老小姐頭也不回地招呼別的客人去。我甚喜歡這樣旁觀，類似一個鄉下人見識如何在都城生存。

另外，我在圖書館外面遇到一位賣蛤蜊的大姐。初見到她的過程，有些尷尬。那日，我從圖書館下來，正好撞見她抱著嬰孩，從寬鬆的背心掏出半個胸脯，她縱然有點受驚，但還是拗不過孩子的嚎啕大哭，遮遮掩掩地餵起奶，而我難為情地趕緊別過頭。事後，我曾在圖書館的茶水間，聽到幾個歐巴桑在講述她的故事。她先生原本在工地搭鷹架，一次失足，腳瘸了，從此提不起意志，鎮日藉酒澆愁。而她自己讀書不多，也沒有什麼技能，為了生活，只好重拾小時候跟她父親搭舢舨去討海所學會的「挖蛤仔」；每天，她抓準退潮時間，帶著釘耙與塑膠桶到附近沙灘挖一些花蛤仔、貝類，然後一袋一袋分裝好載來梧棲叫賣。

遠遠望著坐在矮板凳上的大姐，招呼顧客之外，還不忘為身旁的小寶貝搧搧風，哄睡；我在想，這一刻，在她的心裡，也許一切的辛勞都不足掛齒。

公有市場的攤商，有地下室的廁所可以使用。而流動攤販也必須找個能如廁和取水之處，梧棲圖書館鄰近菜市場，自然成了小販每天光顧的地方。

我也常去那邊看看書報雜誌，偶爾要去盛杯水喝，總得跟人家排隊；茶水間狹小，空氣中總彌漫一股汗水味混雜著腥味，看著小販邊裝水，邊用濕毛巾擦汗，聽著他們發發牢騷，感嘆生意難做；有的更喪著臉說：「今天賺的錢，連繳格仔租都不夠了……。」

格仔租分固定攤和臨時攤，價格不一，依地點論價。公有市場的收租者是鎮公所，價格較公道。至於外面的攤販，就全憑地主良心了，靠近中心點的店鋪，或私有地搭建的攤位，價錢高一點，狠心的地主，漫天喊價，不租，還有別人等著呢。

中年失業的表哥，幾年前舉家搬回清水，重拾自小熟稔的家族事業——賣豬肉。原先他租在一排新搭建的鐵皮屋，其地原是塊水利地，某市僋為了能多空出攤位，多收一份租金，還把每個攤位劃分得很狹窄。更蠻橫的是，其人仗著地點不錯，任意喊價，一個攤位一個月收一萬塊。一年後，表哥的豬肉攤生意日趨穩定。孰料，竟有別的小販覬覦這個攤位，想多花些錢來承租。那市僋便開始想盡辦法，百般刁難地要趕走表哥；有一次，表哥受不了，氣得拿鐵棍追打他，鬧上警察局，最後還是父親出面協調，他看在和我父親曾是國小同班同學的情分上，才沒有把事情鬧大。

事後，父親曾和他溝通，希望他能留一口飯讓這些後輩去討賺。不過，表哥還是選擇離開，改承租在人家的騎樓下，他說：「雖然地點遠了些，每天得推著攤子走一段不短的路，但租金便宜就好，反正，賺食人有的是力氣。」

其實，表哥算是幸運了，出生在菜市場家族，不時有親戚在旁看顧，提供資源。至於那些違法停在圖書館、衛生所、公園四周的發財車、小推車，就得跟老天爺，跟警察伯伯搏運氣了。

現代人生活也忙碌，出門買菜大都開車或騎機車，邊買邊逛。越來越少人會上公有市場採買；而流動攤販為了討一口飯吃，不得不削價競爭，遂衍生出公有市場生意越來越差的現象。攤商有的乾脆弄個推車，或架個臨時攤子叫老婆叫先生到外面兼賣；有的則打電話向鎮公所陳情，叫警察出來取締流動攤販。

警察出來取締時，在前頭的小販，便開始往後叫喊：「戴帽仔來囉！」一開發財車的，只要趕緊把兩旁帆布放下來，當作路邊停車就沒事；苦的是那些規模大一點的魚販、菜販、水果攤，他們為了搶占位置，清晨四、五點就來卸貨，光是搭設攤子，擺好東西，就要一段時間，怎麼可能來得及收拾呢。

擺在路中間的小推車亦如是。我曾看見一位阿婆，烈日下，一手挽著幾個用塑膠袋裝的匏瓜和白蘿蔔，另一手推著一台破舊的嬰兒車，車上擺著數把蔬菜，身影微駝，向警察哀求：「大人啊，我老歲人種一寡青菜，賺淡薄所費，毋通跟我開紅單，拜託啦！」年輕警察仍然一臉冷峻地拿起腋下的資料夾，抄寫起來……。

而後，這些攤商為了使外面這些推小攤車、推車的小販無處可逃，特地在他們躲避警察取締的藏身處，設起欄柵。

這些，也許還有更多吧。

兩年前，立委選舉結束，隔沒幾天，因為媒體和政治人物來訪，我成了附近家喻戶曉的新聞人物。白天，走在市場，有人認出是我，一臉鄙夷；也有人老遠對我豎起大姆指。還有幾個趁快收攤的片刻，蹲踞在公園旁抽菸、喝酒的魚販，見到我，高興地把我介紹給身旁友人，倒了一杯酒要給我喝，還談到選舉如何如何，其中有人起身喊著：「無賺無通食，某囝飼得飽，較要緊！」

是的，無賺無通食，也是父親常說的一句話。

縫

多年前，我和阿麗姐她女兒固定每週三下午一起搭復康巴士到醫院做復健治療，她女兒和我一樣患有腦性麻痺，幾次閒談了解她同我母親一樣也在市場裡擺攤維生。許是如此近似的生命場域，也同樣地，自分娩那一刻起，她們的心裡頭好像比別人多壓了塊東西，重重的，一刻也卸不下。於是每回看見阿麗姐她們母女，我總顯得惚恍、忍不住的瞥望，似乎想從中照見些什麼……。

復康巴士有三名司機，阿麗姐和其中的林阿伯比較談得來，若輪到林阿伯，她便好似一壺甫燒沸的茶水，響個不停。

一個悶熱的午後，阿麗姐起了話頭，便開始跟林阿伯嘟囔起她老公無毛雞假大格，常請朋友到麵攤喝酒，落得自己沒錢批魚貨。經人介紹，她最近趁假日騎車到市區，幫幾戶人家打掃房子掙些生活費；而有些雇主夭壽龜毛的，都會在她後面看她怎麼刷洗馬桶、清理廚房。阿麗姐吶吶地說著，也不管林阿伯有沒在聽，疲憊的眼神裡，隱約看得出些許苦澀和無奈。

「咱賺食人的命啦！」不知過了多久，林阿伯搔搔頭吐出這一句。

不久，阿麗姐想到什麼，推了林阿伯的肩膀說：「林仔，恁某最近有頭路無？叫你來梧棲找一間大一點的房子租，我可以介紹她去我們工廠做工，她不會騎車，我載她上下班也不要緊，夫婦做伙討賺，孩子放假可以來這裡團圓。」林阿伯聽完阿麗姐唸了這一大堆，搔搔頭應了她：「唉，你無法度了解啦！」

車內清靜沒多久，她女兒吵著要買5566新出的唱片，阿麗姐說：「無錢啦！房租要繳，全家要吃要用，妳老爸也要喝，討不到錢就餵我拳頭母！我怎有錢啊？」她女兒就使性子在輪椅上哭鬧踢踹起來，阿麗姐大聲斥罵，頓時，整台車像是嘈雜的收音機突然被拔掉電源。

見到此景，我彷彿看到年少時的自己。或許是身體的殘缺，自小被溺愛在掌心，國中快畢業了還很任性。記得有一年除夕傍晚，父母親甫從市場擺攤返家，累到年夜飯都不想煮了，我卻賴在父親身旁，要他買「遙控汽車」給我，而且非在當天拿到不可；驢到最後，父親差點摑了我一記耳光，母親連忙把我帶開，頂著淒冷冬雨，駕著車在霓虹閃爍的清水市區繞行，找尋還未關門的玩具店。

後來，我因為有另外的人生規劃，和阿麗姐的女兒復健時間錯開。過了好一大段日子，有一次我在菜市場閒逛，意外撞見阿麗姐蹲坐在公園邊角的一攤魚貨裡，我依了過去，她大老遠招呼我，寒喧幾句，她吶吶地說，她老公因肝病在家休養身子，留下她撐起家計。幾番哀嘆，阿麗姐說日子總得過下去，聲音又恢復了原有的氣力。她跟我說她女兒讀高中了，念的還是我的母校哦！我要起身離去時，阿麗姐揪住我說：「你這陣子還有在做復健無？要加減做，腳手較不會萎縮啦！」彷彿，同為母親割捨不下的擔憂與叮嚀。

這些年，我常常在菜市場購買水果時，經過公園邊角，我總會不經意停下來探頭望著魚攤裡阿麗姐忙碌的身影，恍惚間，我似瞥見了從石板的隙縫間毅然抽出的一條花苞，迎風搖曳。

刊載於2018年9月15日《中華日報》副刊

人間失語症

三年多來除了週末假日，每天早上開著電動輪椅到家居附近的醫院，在地下二樓的復健治療室做一些維持身體機能的運動，讓自己的四肢不至太快就萎縮，然後一邊和復健師朋友們嘻鬧聊天，已然成為生活中的一種樂趣兼具健身，只是別人是到健身房，而我在醫院。

今天要到醫院之前，家裡就有些事讓我操煩，到了復健治療室，幫我做治療的兩個復健老師都不在，一個去墾丁玩，一個上樓巡病房。我就麻煩一個我熟識又聽得懂我說話的阿姨幫我搬沙包和標靶，學習咱台灣之光王建民練習投球，雖然我不是台灣之光，好歹也稱得上是梧棲之光，至少我們梧棲鎮長秀哥還有我們教會的阿寶牧師都這麼叫我。

沙包「唰」的一聲，有的命中標靶的眼睛，有的偏向一旁騎健身腳踏車的阿媽腳邊，我尷尬得要身旁聊天的阿姨再幫我喬一下位置，阿姨竟打趣的跟那個阿媽說：「蔡文傑驚去丟到阿媽啦！」結果阿媽笑笑跟我說：「你若丟得到阿媽，按呢我站在這兒給你丟，嘛袂曉緊！」我回報阿媽一抹赧笑，就繼續將沙包奮力地丟出去。

後來沙包丟不到一半，我又想起家裡的事，不放心地溜到外面撥了手機給老媽，果不其然事情像一個人不慎滑落山崖，衣服卻意外讓樹枝給勾住，懸在那裡搖搖欲墜。按掉手機後，我內心像隻找不到旁人來搭救主人的小狗四處奔竄，彷彿就要衝口而出。那時剛好我的復健老師從樓上巡病房下來，我趕緊迎向前跟他說聲我有事要先離開，就先落跑衝向我常搭的那座透明電梯。

之前除去午餐巔峰時間之外，很容易等到的這座透明電梯，現在卻因為醫院把兩科病患較多的門診遷移下來我們這一樓，造成現在輪椅的班次很難等候。在我面前已經挨了三、四個人，待電梯門打開後，原先搭乘其內的幾個人看到我們這堆人，個個挺胸縮肚的退向角落，然後電梯外頭那三、四個人爭搶限量商品似的趕緊推擠進去，而我抱著應該還塞得下我這台電動輪椅的心態倒退而入。不料我和電動輪椅加起來快要一百五十公斤，惹得電梯載重警報器氣急敗壞在抗議，電梯角落的一對中年男女看到這副窘境，女的便跟那個男的說：「我們坐下一班吧！」然後十分艱辛卻故作無謂地從我們這堆沙丁魚裡推擠而出，害我尷尬得像一株含羞草趕緊低下頭來。

電梯內塞著一堆人，什麼氣味都有：臭汗酸味、清新的香水味、嘴裡呵出來的鹹菜味……。有人低著頭，有人盯著樓層的燈號發呆，一個在我前面進來的男生站在電梯門前幫大家按各自前往的樓層，兩個傳送阿姨笑嘻嘻的討論中午要吃哪一家鮭魚焗飯、哪一家牛肉麵？戴藍芽耳機的醫生喃喃跟電話彼端邀約下午要去哪裡打球，講完電話後，用下巴勾著對面那穿綠衣褲趿著藍白拖，憑靠在電梯扶手條的醫生問：今天 on 幾刀啦？

電梯上升後，在地下一樓停了下來，門緩緩打開，一個手挽著破舊肥皂絲袋的阿婆往裡面探了探：「恁是欲轉去啲？」站在電梯門前那個男生拉高音量問阿婆：「你是欲去一樓啲？」阿婆怯怯地說：「我來看病看好啊！欲坐病院的車班轉去啦！」阿婆說完後，手扶著電梯門外的框板緩緩向後挪一步，嘴裡喃喃：「老歲仔人毋捌字，真淒慘哦……」站在電梯門前那個男生這才把手指頭從開門的按鈕放開。

電梯門緩緩關上後，我的內心海浪般拍打出許多問號：裡面這些人都聾了嗎？還是跟我一樣有語言障礙？為何沒有人願意跟阿婆說坐醫院專車的地方就是一樓。

在我內心仍舊起伏之際，一道道波光漸漸在透明電梯上方湧動，我們好似從幽暗海底倏然躍出水面。待電梯門一打開，靠近電梯出口的我趕緊先溜出來，而站在電梯門前那個男生和兩個傳送阿姨則緊跟在後。恍惚裡，我們像是從鯊魚的嘴邊掙脫出來的小魚；而整座醫院像隻張牙舞爪的大海怪。

刊載於2009年1月號291期《聯合文學》

爬行

每隔一段時間從梧棲開車到豐原廟東的美食街大啖一頓，幾乎成了我和家人的一種休閒樂趣。

這天，我們如舊在賣蚵仔煎的攤位坐了下來，老闆娘見我的輪椅無法停靠妥當，急忙挪開椅子讓我進入。我們向老闆娘點了三份蚵仔煎和蚵仔湯後，媽媽嚷著要去街內買幾樣滷味來加菜。沒多久熱騰騰的蚵仔煎和蚵仔湯即端來我們面前，我和老爸無法拒絕眼前美食的誘惑，便先開動！首先，蚵仔煎的香味從我們味蕾裡散開，淋著甜辣醬的蚵仔一口咬下去更是刺激食慾！老爸在旁時而拿著面紙擦拭著我沾了滿臉的甜辣醬，我則低頭以抖動的手握著湯匙就口繼續吃著。

老爸很快地吃完蚵仔煎，忙著把我的蚵仔湯舀涼的時候，不遠處悠悠傳來一曲台語勵志歌謠，沉悶的樂音，吸引我注視。原來是一位雙腳嚴重萎縮的中年男子推著手推車，在地上奮力爬著，手推車上置放著一箱抹布與一台老舊放音機。當他越來越靠近我們時，我的目光更是隨著他一寸一寸的爬行……。

全身黝黑裹滿沙土的他，從我身後爬過時，斜著半邊臉對我露出了微笑，隨即又向往來的饕客兜售手中的抹布。而大多數的人們都冷漠以對，或者揮手匆匆閃避！

當他經過賣肉圓的攤位時，賣肉圓的年輕人竟破口斥喝著他：「幹！你拉幾噢嘛切卡細聲咧！」剎時，很多人轉頭望了望他們，但他當下並沒有理會賣肉圓的責罵，只是繼續向前爬行叫賣著。當他折返，再度來到賣肉圓的攤位時，吃力地仰起頭叫喊著：「肉圓仔！歹勢啦！」

我回神轉身要繼續吃蚵仔煎時，媽媽早就坐在我身邊，夾了一塊剛買回來滷雞胗要餵我。那塊雞胗我含在嘴裡了很久，因為腦海裡一直思忖著那位身障男子的下一餐在哪裡？上一餐又是在哪時候吃的？

餐後，爸媽輪流推著我走出華燈初上的美食街。在街角賣豆花的地方，我再度看到那位身障男子，他正仰著頭和賣豆花的阿婆談著今天的生意狀況，當我轉身回望時，只見他望著紙箱裡的抹布搖搖頭……。

刊載於2005年12月8日《台灣時報》副刊

壓傷的蘆葦

復健治療室裡，一名膚色黝黑的中年男子孱弱地踩著訓練腿力的腳踏車，寬鬆的藍白直條紋病袍因為上下踩踏露出兩截乾癟的小腿。男子格外分明的眼眸似乎有些溼濡，也或許是迷惘；只有在看護阿姨遞上茶水和細心幫他擦汗時，他才回過神微綻一朵靦腆的笑顏。

原來他是名菲律賓籍勞工，來台灣當漁船助手，因為癲癇發作，送來醫院後，醫生進一步檢查發現他得了惡性腦瘤，一顆五公分大，另外一顆稍小。

也許生命本身就不是完整，一旦衣角或者什麼地方不小心被勾到，隨之傾頹、崩塌……。我們要學習的就是試著重新去拼湊一幅不一樣風貌的生命風景。

踩了一段腳踏車，復健師拿來一顆比籃球稍大的泡棉球要他單腳踏在上面訓練平衡，復健師則在後方揪住他的褲頭；球受力易晃動，男子沒有及時拉回重心身體跟著顛晃向前傾，看護阿姨急忙上前扶住。一上一下練習間，復健師同看護關心起他現在的進食情形；提起這件事，看護阿姨彷彿找到抱怨對象似地叨敘起來：

「伊病得這樣重，沒辦法回去工作了，船公司竟然因為醫藥費很重，規定伊一頓只能吃三十元。」

「三十元是欲按怎買？」復健師一副不可置信地問。

「無法度啊，我只好挾兩樣青菜，然後拜託自助餐店老闆幫伊淋上一些湯汁。」

「阿姨，那他這樣吃得下去嗎？」

「伊的胃口極差，常常吃沒幾口就跟我搖手了，我都要邊哄邊勸，伊才肯再多吃幾口。」

「我們兩個話語不通，和伊溝通都用比的、用猜的，也不知道伊愛吃什麼？前幾天伊又去做化療，回來病房後整個人一直乾嘔，我看了很不過心，自掏腰包買了一碗牛肉湯幫伊加菜；想說先倒一小碗乎伊喝看看，想不到伊喝下去整個人好像精神起來，跟我微笑，還比著要我再倒乎伊喝。」

「阿姨，那妳不就倒貼？」復健師笑著說。

「哎呀！我是單親家庭長大的，也曾受人照顧過；現在換我們付出一些不要緊啦！」

「講起來伊也極可憐，放某放囝隨那隻船四界去討賺，想不到現在卻得到這種病。前幾天船公司才派人來用英語跟伊講，他們已經負擔不起醫療費用，最近準備將伊送轉去菲律賓。伊聽完了後，頭犁犁，無意啊無意。」

男子也許從看護阿姨的神色裡看得出她在跟復健師講述他的情況吧，眼神彷彿耽溺在一種說不出的空茫。直到復健師趨前跟他說：「A bruised reed. He will not break.」他才勉強露出一絲微笑。

也在一旁做復健的我，靜靜地聽著，心裡也替他的未來擔憂。不過我深信，不論他人在哪裡，他這輩子必定忘不了那碗牛肉湯的味道。

換下一個復健動作時，看護阿姨邊扶著他忍不住又跟復健師說：「伊現在的治療都還未告一段落，半條命還在風中咧飛，妳看伊敢有法度轉去菲律賓？」

2013年3月27日《人間福報》副刊

照相館老頭家

國中開學後，我因行動不便，無法跟同學們一起到活動中心拍學生證上的大頭照，於是媽媽帶我去照相館補拍。那也是我們家習慣去的照相館，它的攝影棚設在二樓，我媽先把我抱到櫃台前的椅子上，再從提袋中拿出隨身攜帶的揹巾，蹲下來把我背到她背上，要我緊抱著，她才使力地站起來，隨即從揹巾的下帶先綁起，口中還咬著揹巾的上帶以防散落，還不時捧一捧我屁股，再一步一步走上咯吱作響又陡峭的木梯。

但真正的折騰才要開始呢。只見溫文好性子的照相館老闆，在攝影棚裡來回奔忙，一會兒跑來重新調整我略歪的頭、一會兒跑來幫我摺好衣領，然後又趕緊退回相機後方，躲在遮光布下，緊握快門線：「來，放乎自然哦！」站在老闆旁的媽媽低聲附上一句：「頭家，你要等伊嘴型擺好，你才拍。」老闆似也刻意壓低聲量：「我知啦，我會偷偷的拍。」好不容易聽到啪一聲，我的嘴型又歪一邊；老媽像導演對著NG十幾次的演員向我吼叫，然後回頭低聲地跟老闆說：「頭家歹勢啦，害你的底片無彩去。」

拍攝過程，媽媽跟老闆說，自己從少女時代到結婚，照片都是老闆拍的，意猶未盡地敘述結婚當天爸爸特地向朋友商借的白色豪華禮車，在當時的鄉下是如何的少見，媽媽還記起我的週歲照也是老闆拍的。同時，她也發出納悶：「怎麼度晬時照相，拍得那麼斯文那麼漂亮，現在懂事了面對鏡頭嘴卻會歪斜？」其實我也不曉得為何每次面對這頭三腳獸，嘴脣總不由自主的歪斜，任憑我極力地想輕抿著嘴，但心裡頭就像逼近一個什麼東西；也許是腦性麻痺症固有的容易緊張的因素，就好像在我未做好心理準備下，碰到一個許久或未曾跟我談過話的人問我話，我總得吞吐好一陣子才能結結巴巴地答出第一句話。

忽地，攝影棚裡又啪一聲，這次老闆像等待曇花終於一現那樣跟我媽說：「應該會使囉！」只見老媽嘴笑目笑連忙跟老闆道謝：「頭家，嘴型的所在，你再幫我們修漂亮一點哦！」

那次拍大頭照後幾年，老闆慢慢退休，由他兒子接下照相館事業。數年前我和父母要到日本旅行，不料我的護照過期，要重拍大頭照。那時我們已經搬來梧棲，不過還是比較信任老家清水那間照相館的拍攝技術，可是一想到又要拍照，我媽頭痛得很！在車內或在照相館外一再地叮嚀我：「等一下你的嘴型不要再給我歪七扭八，不然人家不願意幫你拍了……」

待我們進入照相館，老媽拉拉我衣領、搔搔我頭髮然後一臉歉意地說：「頭家，歹勢啦！又要來給你們添麻煩了。」少年老闆連忙揮手說不會啦，而且現在攝影棚在一樓，妳不用再揹他爬上爬下。

大致一樣的攝影棚設備，角落多了台電腦，而我就像大明星，折騰眾人許久，終於要上鏡。開麥拉之後，從小到大揮之不去的夢魘重新上演，只見少年老闆在我和相機之間來回奔忙，一會兒跑來重新調整我略歪的頭，然後又趕緊退回相機後方，躲在遮光布下，緊握快門線：「來，放乎自然哦！」此時，站在少年老闆旁的老媽仍不忘低聲附上一句：「頭家，拜託你哦！你要等伊嘴型較自然時，你才拍哦。」可是再怎麼拍，我的嘴脣總不由自主的歪斜。

逐漸地，少年老闆露出一副不耐煩的表情，指著電腦螢幕要我媽從中挑選一張，他會盡量用電腦軟體把它修飾得完美些。老媽趕緊央求他再多拍幾張：「頭家，拜託你幫我們拍漂亮一點，恁老爸和我阿爸常常做伙泡茶，我從做查某囡仔到結婚攏是找恁老爸翕相……。」就在此時，說人人到，老頭家一身高爾夫球服裝走進來，少年老闆看到他老爸，深吁一口氣。

看到老頭家，老媽的雙眉如茶葉注入沸水，逐漸舒展。而老頭家也不負眾望，架勢十足地在和我媽閒聊之際，快門聲響個不停，不一會兒即喚我媽跟少年老闆去電腦螢幕前挑選照片，還邊說：「好佳哉，現在的時代有電腦。」我媽東挑西挑，挑出一張比較完美的，但眼神裡還是流露出些許悵然。臨走前，她仍不忘叮嚀少年老闆：「頭家，嘴型的所在，麻煩你幫我們修較漂亮一點哦！」

刊載於2018年9月4日《人間福報》副刊

胖大姐的奇異果

晚上，我以小刀切開奇異果，抖動的手掐著奇異果，小心地擠壓出果肉送入嘴裡，酸甜滋味隨即在舌尖味蕾裡翻騰，我雖皺眉但嘴角不禁油然而笑。

這顆奇異果是昨天在菜市場邊緣賣水果的胖大姐送的，那天我如舊向胖大姐隔壁專賣芭樂的阿婆買了兩顆芭樂，要帶去給Ｌ吃。回頭時，胖大姐吆喝著：「哥哥！你這幾工那會攏無甲我買奇異果？」起先我尷尬地怔著，而後，我把電動輪椅開近她的攤子，斜著半邊臉笑著說：「芭樂是欲買互阮朋友食的啦！」而此時心裡頭想的是日前自己在心中默許下了一份工作，那就是——照顧Ｌ的身體健康。

回過神，我指的那盒奇異果說：「姊仔！幫我揀五粒！」胖大姐隨即以熟稔地手勢挑了五顆較硬的奇異果裝袋，幫我吊掛在我的電動輪椅的後勾，渾圓的身子彷彿想到什麼似的，跳回攤子下方挑了一顆已經「夠分」的奇異果塞進我的袋子裡，說：「哥哥！這粒送你食！」

與胖大姐相識是在剛移居梧棲的時候，那時我常陪弟媳以嬰兒車推著姪子到菜市場買東西，胖大姐於是跟著弟媳親切地喚我：哥哥！

胖大姐與她丈夫白天占據在菜市場邊緣的兩個角落，各自以販賣水果營生，偶爾我經過外地的黃昏市場或跑去逛夜市也曾看到他們夫婦倆的攤子，他們總是親切地招呼著：「哥哥！你那會來這？」

多年來我都是找胖大姐買水果居多，記得剛開始胖大姐聽不太清楚我說的話，遂由上至下指著各式水果，要我點頭示停為止。而現在，胖大姐不僅越來越聽得懂我說的話，也熟悉我喜愛吃的水果是——香蕉、奇異果、水蜜桃、蕃茄。而每當我開著電動輪椅從她的攤子前飛奔而過，胖大姐總會拉高聲調，喊著：「哥哥！駛卡慢咧！」

一個人的晚上，我回憶起與胖大姐相識的過往，嘴裡翻騰著胖大姐豐厚的溫情，良久。

刊載於2005年12月31日《台灣日報》副刊

阿桑的十塊錢

做完復健治療已近中午，走出醫院沒多久，手機就響起來。我看見對街的號誌燈已經轉綠，心想還是過馬路後再回撥給對方吧。於是，開著我的電動輪椅，加足馬力衝，終於越過了大馬路。

爬上人行道，左彎右拐地繞過一些障礙物，來到一家店面前，拿出手機回撥給對方。原來是弟媳打來問我中午想吃什麼，她順便要幫我買。

腦性痳痺在口語表達上總是極其困難，每說一字句都得皺眉裂嘴的。正說著，人行道上走來一位矮矮瘦瘦的阿桑，腋下夾著一個買菜用小錢包。以往在路上遇到有些阿伯阿桑，好奇心比較重，總側頭盯著我；面對這樣的眼光，我早已習慣，只要和對方不再四目相接，泰半都會無趣的走掉。於是，我繼續跟弟媳講一些瑣事。沒多久，竟然有個東西在我左手肘旁磨蹭；剎時，我倒抽一口氣，怯怯地朝它一瞥——竟然看到一隻手從我電動輪椅左側的手提袋抽出。不曾遭遇此等狀況的我，顫巍巍地將手機放在大腿上，用變形的右手壓著，另一手大力撥動控制桿將輪椅甩向左後方——啊？竟然是剛才與我錯身的那位阿桑，她睜大眼連忙作勢要我：「莫驚！莫驚！」手裡還托著一枚十元硬幣，向我示意的樣子，我還來不及反應，阿桑就把那枚十元硬幣丟進我的手提袋裡，快步離去。

阿桑走後，我下意識地俯身檢視那個為了自己拿取方便，不曾拉上拉鍊的手提袋，除了原本的水杯、隨身碟、鑰匙，還多了一枚十元硬幣。

翻弄著阿桑丟給我的十元硬幣，我在想，是否阿桑認為我沒有能力賺錢，並且只能全盤接受他人的施捨與同情？記得一次逛菜市場，看到新來的攤販，架上成堆地擺著令人垂涎的芒果，忍不住趨前買兩個，我怕老闆聽不懂我的話，邊說邊指著電動輪椅右側的手提袋，要老闆幫我拿錢；老闆卻不跟我拿錢，我吃力地想從手提袋裡抽出百元鈔票，老闆一臉和氣地直說給你吃就好！我難為情地趕緊回家，請老媽拿錢給對方。

施捨是為了證明自己真有憐憫之心嗎？還是本質上只是一種自我安慰，安慰自己還有能力給予；抑或只是民間做功德消業障的想法呢？倘若阿桑想的是做功德消業障，那為何不丟給我一百元？當然，我也是自私的。但阿桑如果真的憐憫我，為何不等我把電話講完再面對面拿給我呢？

猶記得，一次自己開電動輪椅回清水，悠然行駛西濱橋下，一位陌生男子騎摩托車突然靠了過來把我攔下，讓我嚇一跳。正當我內心跑出一些對我不利的想法時，陌生男子竟面露和善地問我欲往哪裡去？我支吾應了他，望著他難解的表情，映對著自己五味雜陳的難堪。然後陌生男子從口袋裡抓了一把硬幣，當下我大概知道他的意思，連忙推拒，並且作勢開啟電動輪椅要走；他連忙叫住我，直說：「不要緊！不要緊啦！」然後就將一把硬幣塞進我電動輪椅左側的手提袋，還要我路上小心點，便跨上摩托車，急駛而去。

如果那次在人行道上的阿桑是真的憐憫我，卻擔心直接拿給我會傷到我的自尊；那麼當時我在講電話，我的手提袋拉鍊又沒拉，要丟十塊錢進去，應該不易被我發現才對。而當我使力撥動控制桿將輪椅甩向左後方的剎那，阿桑驚慌的眼神，到底是因為什麼？

阿桑的那個十元硬幣，繼續在我的手心正面反面翻弄著……。

刊載於2010年5月13日《中華日報》副刊

阿婆的菜頭湯

不久前，回高中母校「仁愛實驗學校」參加三十七周年校慶活動，由於當天下午我在靜宜大學還有兩堂課，所以校慶活動未結束，我即搭乘「復康小巴士」趕回來沙鹿。車子行駛中，肚子已咕嚕咕嚕地向我抗議！此時，悅耳的手機鈴聲響起，原來是母親打電話來叮嚀我，要我多少得吃一點東西才能去上課，因為我早上只喝了一杯薏仁漿就出門。

進了校園，我開著電動輪椅直奔他們的學生餐廳，這是我初次進入，而映入眼簾的數百個身影隨即淹沒了我的視線。好不容易挑了一家生意極好的自助餐店，卻是怎麼喊都得不到老闆的回應，只得等到人潮稍微退去時，老闆才注意到我的存在！我挑了一碟醬燒茄子與蕃茄豆腐，叫了一碗白飯。結帳時，央求老闆幫我端至餐桌（因為我的手指會不由自主地抖動，怕不小心打翻了！）老闆滿不耐煩地說：「你家己捧啦！我無閒！」

忽地，從老闆的右後方傳來一道溫和的聲音：「你都甲伊鬥捧一下著好啊！」一位頭戴布巾卻仍掩蓋不住白髮蒼蒼的阿婆，從自助餐店旁的走道轉了出來，端著我的餐盤走到空的餐桌。我頭微點地向阿婆道謝！阿婆笑著說：「免遐客氣啦！憨囡仔！」說完則摸摸我的頭即離去。

不一會兒，阿婆一手端著菜頭湯；另一隻手拿著幾張餐巾走到我面前說：「囡仔，這菜頭湯互你飲！」我亦是連忙地向阿婆言謝！但此時的心頭已經溢出一陣一陣地酸楚……。

阿婆看著我抖動的手吃力地拿著湯匙扒飯，靜默了許久，便開口說：「囡仔，我甲你飼好無？」我滿懷感激地說：「阿婆，多謝啦！我家己有法度！」阿婆依舊笑容滿布地露出銀色的假牙：「好，你家己沓沓仔來！若食完，碗盤囥咧著好，我則來收去洗！」爾後，阿婆那消瘦的身影，逐漸地遠離了我凝望的雙眸裡。

在餐桌前，我默思了許久，才低下頭來慢慢地咀嚼那份感動與溫暖……。

刊載於2004年5月10日《台灣日報》副刊

國家圖書館出版品預行編目資料

總有天光日照來：蔡文傑散文集／蔡文傑著. --
初版.--臺中市：白象文化，2018.11
面； 公分.——（寫，文章；25）
ISBN 978-986-358-737-8（平裝）

855 107017177

寫，文章（25）

總有天光日照來：蔡文傑散文集

作　　者　蔡文傑
封面題字　葉國居
插　　圖　陳昱昱
專案主編　吳適意
出版編印　吳適意、林榮威、林孟侃、陳逸儒、黃麗穎
設計創意　張禮南、何佳諠
經銷推廣　李莉吟、莊博亞、劉育姍、李如玉
經紀企劃　張輝潭、洪怡欣、徐錦淳、黃姿虹
營運管理　林金郎、曾千熏
發 行 人　張輝潭
出版發行　白象文化事業有限公司
　　　　　412台中市大里區科技路1號8樓之2（台中軟體園區）
　　　　　出版專線：（04）2496-5995　傳真：（04）2496-9901
　　　　　401台中市東區和平街228巷44號（經銷部）
　　　　　購書專線：（04）2220-8589　傳真：（04）2220-8505
印　　刷　基盛印刷工場
初版一刷　2018年11月
初版二刷　2018年12月
初版三刷　2021年1月
定　　價　260元

本書部分作品獲財團法人國家文化藝術基金會創作補助